戦国姫《せんごくひめ》

―松姫《まつひめ》の物語《ものがたり》―

藤咲《ふじさき》あゆな・著
マルイノ・絵

庫

はじめに　――純愛《じゅんあい》に生《い》きた悲劇《ひげき》の姫《ひめ》・松姫《まつひめ》とは――

戦国時代《せんごくじだい》のお姫様《ひめさま》は、その多《おお》くが政略《せいりゃく》の駒《こま》として使《つか》われ、御家《おいえ》の都合《つごう》に運命《うんめい》を翻弄《ほんろう》されていました。お市《いち》の方《かた》、濃姫《のうひめ》、江姫《ごうひめ》、瀬名姫《せなひめ》、満天姫《までひめ》、細川《ほそかわ》ガラシャ……例《れい》を挙《あ》げれば枚挙《まいきょ》にいとまがないほどです。

その中《なか》でも、嫁《とつ》ぐことなく婚約者《こんやくしゃ》を一途《いちず》に想《おも》い続《つづ》けた姫《ひめ》がいました。それが、〝甲斐《かい》の虎《とら》〟と謳《うた》われた名将《めいしょう》・武田信玄《たけだしんげん》の愛娘《まなむすめ》「松姫《まつひめ》」です。

松姫《まつひめ》の婚約者《こんやくしゃ》は、織田信長《おだのぶなが》の嫡男《ちゃくなん》・信忠《のぶただ》。ふたりの婚約《こんやく》が成《な》ったのは、信玄《しんげん》の四男《なん》・勝頼《かつより》に嫁《とつ》いだ信長《のぶなが》の養女《ようじょ》・遠山姫《とおやまひめ》が亡《な》くなり、武田《たけだ》との同盟関係《どうめいかんけい》が薄《うす》れることを懸念《けねん》した信長《のぶなが》からの申《もう》し出《で》によるものだったと言《い》われています。

婚約《こんやく》した当時《とうじ》、松姫《まつひめ》はまだ数《かぞ》えで七歳《さい》、信忠《のぶただ》は十一歳《じゅういっさい》。祝言《しゅうげん》を挙《あ》げるのは、松姫《まつひめ》が大《おお》きくなってから、ということになり、それまでの間《あいだ》、ふたりは手紙《てがみ》のやりとりで互《たが》いを知《し》り、恋心《こいごころ》を育《そだ》てていきます。けれど、その婚約《こんやく》は松姫《まつひめ》が十二歳《さい》のときに破談《はだん》になりました。武田信玄《たけだしんげん》が室町幕府第十五代将軍《むろまちばくふだいじゅうごだいしょうぐん》・足利義昭《あしかがよしあき》の「信長《のぶなが》を討《う》て」という要請《ようせい》に応《こた》えて「西上作戦《せいじょうさくせん》」を開始《かいし》したからです。

松姫《まつひめ》と信忠《のぶただ》は手紙《てがみ》のやりとりができなくなりましたが、互《たが》いを想《おも》い合《あ》っていたと言《い》われています。ふたりの気持《きも》ちが史料《しりょう》としてはっきり残《のこ》っているわけではありませんが、信忠《のぶただ》は二十歳《はたち》を過《す》ぎても正室《せいしつ》を迎《むか》えていませんし、武田勝頼《たけだかつより》が越後《えちご》の上杉景勝《うえすぎかげかつ》と同盟《どうめい》を結《むす》んだ際《さい》、姉《あね》の松姫《まつひめ》ではなく妹《いもうと》の菊姫《きくひめ》が嫁《とつ》いでいることなどから推測《すいそく》できます。

ふたりの悲劇《ひげき》は婚約解消《こんやくかいしょう》だけにとどまらず……。武田滅亡《たけだめつぼう》の際《さい》、信忠《のぶただ》は織田《おだ》の総大将《そうだいしょう》として攻《せ》め込《こ》むことになり、松姫《まつひめ》は戦火《せんか》を逃《のが》れて武蔵国《むさしのくに》へと落《お》ちて行《い》き、その後《ご》、出家《しゅっけ》して生涯独身《しょうがいどくしん》を貫《つらぬ》きました。好《す》きな人《ひと》が自分《じぶん》の家族《かぞく》を死《し》に追《お》いやった——その悲《かな》しみは計《はか》り知《し》れないものがありますが、恋慕《れんぼ》の情《じょう》が消《き》えなかったのは、手紙《てがみ》のやりとりを通《つう》じて、信忠《のぶただ》という人《ひと》の誠実《せいじつ》さが松姫《まつひめ》に伝《つた》わっていたからではないでしょうか。

本書《ほんしょ》では「—月《つき》の巻《まき》—」で入《い》れ込《こ》めなかった史実《しじつ》にもふれながら、武田家《たけだけ》の隆盛《りゅうせい》と滅亡《めつぼう》に翻弄《ほんろう》されながらも、愛《あい》する人《ひと》を想《おも》い続《つづ》けた松姫《まつひめ》の人生《じんせい》を描《えが》いていきます。

血《ち》で血《ち》を洗《あら》うような戦国時代《せんごくじだい》の片隅《かたすみ》で彼女《かのじょ》が放《はな》った清《きよ》らかな光《ひかり》が、この本《ほん》を手《て》に取《と》ってくれたあなたの胸《むね》に、どうか届《とど》きますように。

藤咲《ふじさき》あゆな

戦国姫《せんごくひめ》 —松姫《まつひめ》の物語《ものがたり》— 目次《もくじ》

戦国姫《せんごくひめ》 —松姫《まつひめ》の物語《ものがたり》—

当時《とうじ》の国名《こくめい》マップ

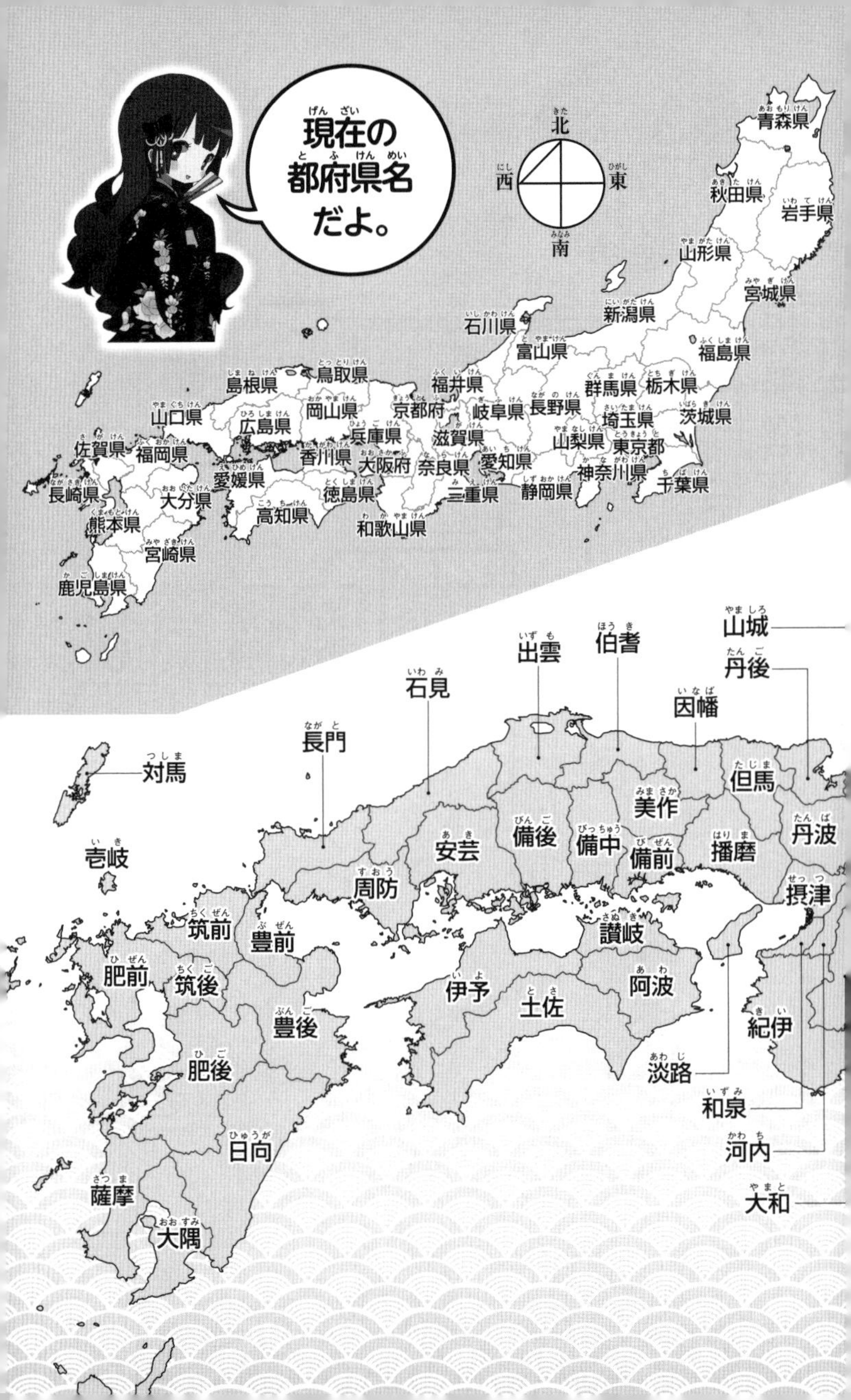

現在《げんざい》の都府県名《とふけんめい》だよ。
北《きた》
西《にし》
東《ひがし》
南《みなみ》
青森県《あおもりけん》
秋田県《あきたけん》
岩手県《いわてけん》
山形県《やまがたけん》
宮城県《みやぎけん》
新潟県《にいがたけん》
石川県《いしかわけん》
富山県《とやまけん》
福島県《ふくしまけん》
島根県《しまねけん》
鳥取県《とっとりけん》
福井県《ふくいけん》
群馬県《ぐんまけん》
栃木県《とちぎけん》
山口県《やまぐちけん》
岡山県《おかやまけん》
京都府《きょうとふ》
岐阜県《ぎふけん》
長野県《ながのけん》
広島県《ひろしまけん》
埼玉県《さいたまけん》
茨城県《いばらきけん》
兵庫県《ひょうごけん》
滋賀県《しがけん》
山梨県《やまなしけん》
東京都《とうきょうと》
佐賀県《さがけん》
福岡県《ふくおかけん》
香川県《かがわけん》
大阪府《おおさかふ》
奈良県《ならけん》
愛知県《あいちけん》
神奈川県《かながわけん》
愛媛県《えひめけん》
長崎県《ながさきけん》
大分県《おおいたけん》
徳島県《とくしまけん》
三重県《みえけん》
静岡県《しずおかけん》
千葉県《ちばけん》
熊本県《くまもとけん》
高知県《こうちけん》
和歌山県《わかやまけん》
宮崎県《みやざきけん》
鹿児島県《かごしまけん》
山城《やましろ》
出雲《いずも》
伯耆《ほうき》
丹後《たんご》
石見《いわみ》
因幡《いなば》
長門《ながと》
対馬《つしま》
但馬《たじま》
美作《みまさか》
壱岐《いき》
安芸《あき》
備後《びんご》
備中《びっちゅう》
備前《びぜん》
播磨《はりま》
丹波《たんば》
周防《すおう》
摂津《せっつ》
筑前《ちくぜん》
豊前《ぶぜん》
讃岐《さぬき》
肥前《ひぜん》
筑後《ちくご》
伊予《いよ》
土佐《とさ》
阿波《あわ》
紀伊《きい》
豊後《ぶんご》
肥後《ひご》
淡路《あわじ》
和泉《いずみ》
日向《ひゅうが》
河内《かわち》
薩摩《さつま》
大和《やまと》
大隅《おおすみ》

「松姫《まつひめ》」関係図《かんけいず》

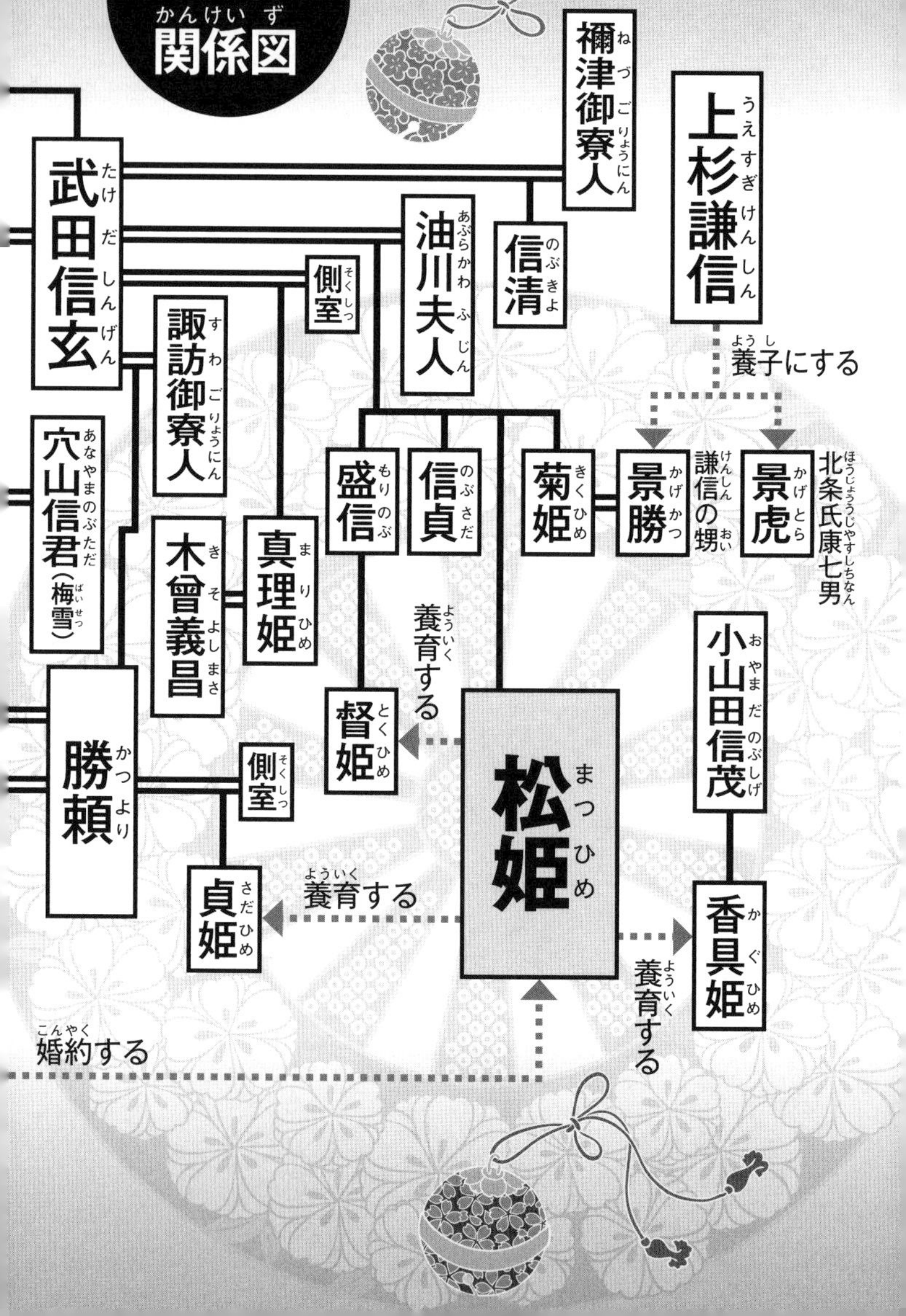

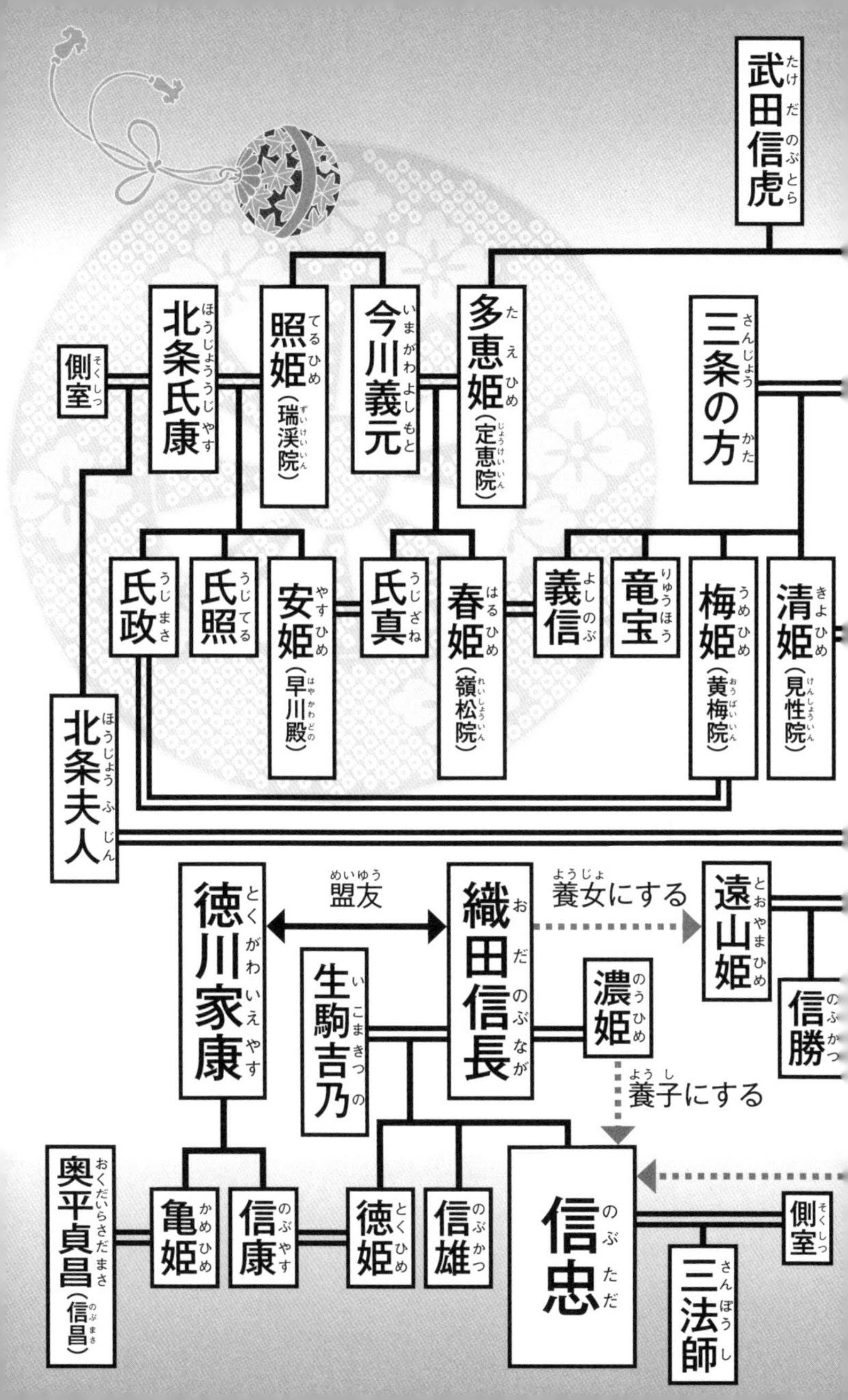
武田信虎《たけだのぶとら》
三条《さんじょう》の方《かた》
多恵姫《たえひめ》（定恵院《じょうけいいん》）
今川義元《いまがわよしもと》
照姫《てるひめ》（瑞渓院《ずいけいいん》）
北条氏康《ほうじょううじやす》
側室《そくしつ》
清姫《きよひめ》（見性院《けんしょういん》）
梅姫《うめひめ》（黄梅院《おうばいいん》）
竜宝《りゅうほう》
義信《よしのぶ》
春姫《はるひめ》（嶺松院《れいしょういん》）
氏真《うじざね》
安姫《やすひめ》（早川殿《はやかわどの》）
氏照《うじてる》
氏政《うじまさ》
北条夫人《ほうじょうふじん》
遠山姫《とおやまひめ》
信勝《のぶかつ》
養女《ようじょ》にする
織田信長《おだのぶなが》
盟友《めいゆう》
徳川家康《とくがわいえやす》
濃姫《のうひめ》
生駒吉乃《いこまきつの》
養子《ようし》にする
信忠《のぶただ》
側室《そくしつ》
三法師《さんぼうし》
信雄《のぶかつ》
徳姫《とくひめ》
信康《のぶやす》
亀姫《かめひめ》
奥平貞昌《おくだいらさだまさ》（信昌《のぶまさ》）

歴史《れきし》には諸説《しょせつ》ありますが、
このシリーズでは主《おも》に通説《つうせつ》に基《もと》づき、
物語《ものがたり》を構成《こうせい》しています。

新《しん》月《げつ》の章《しょう》

1 松姫《まつひめ》の誕生《たんじょう》——永禄《えいろく》４年《ねん》（１５６１年《ねん》）——

甲斐国《かいのくに》は府中《ふちゅう》——。

永禄《えいろく》４年《ねん》（１５６１年《ねん》）８月《がつ》16日《にち》。

〝甲斐《かい》の虎《とら》〟と謳《うた》われている名将《めいしょう》・武田信玄《たけだしんげん》は、本拠地《ほんきょち》である躑躅ヶ崎館《つつじがさきやかた》にて出陣《しゅつじん》の支度《したく》をしておりました。

「川中島《かわなかじま》での戦《いくさ》は、これで四度目《どめ》ですね……」

継室《けいしつ》の三条《さんじょう》の方《かた》がつぶやきますと、信玄《しんげん》は「うむ」とうなずきました。

越後《えちご》の上杉政虎《うえすぎまさとら》（のちの謙信《けんしん》）との信濃《しなの》をめぐる川中島《かわなかじま》での戦《たたか》いは、八年前《ねんまえ》の天文《てんぶん》22年《ねん》（１５５３年《ねん》）の「第《だい》一次《じ》川中島《かわなかじま》の戦《たたか》い」以来《いらい》、これで四度目《どめ》となるのです。

最初《さいしょ》の戦《たたか》いから二年後《ねんご》に起《お》きた「第《だい》二次《じ》川中島《かわなかじま》の戦《たたか》い」（天文《てんぶん》24年《ねん》／１５５５年《ねん》）は、二百《ひゃく》日間対陣《にちかんたいじん》するも決着《けっちゃく》がつかず、駿河《するが》の今川義元《いまがわよしもと》の仲介《ちゅうかい》で両軍兵《りょうぐんへい》を引《ひ》き、その二年後《ねんご》の「第《だい》三次《じ》川中島《かわなかじま》の戦《たたか》い」（弘治《こうじ》3年《ねん》／1557年《ねん》）も互《たが》いに決戦《けっせん》を避《さ》けたため、これまた決着《けっちゃく》がつかず……。

（わしは北信濃《きたしなの》がほしい。北信濃《きたしなの》が手《て》に入《はい》れば、甲斐《かい》は豊《ゆた》かになる）

領土《りょうど》が広《ひろ》がれば、農産物《のうさんぶつ》の収穫量《しゅうかくりょう》が格段《かくだん》に上《あ》がります。甲斐《かい》の人々《ひとびと》の暮《く》らしをより良《よ》いものにするために、信玄《しんげん》は戦《たたか》いに行《い》くのです。

信玄《しんげん》は陽《ひ》の光《ひかり》を受《う》けてはためく、長旗《ながばた》を見《み》つめました。

疾如風徐如林侵
掠如火不動如山

疾《はや》きこと風《かぜ》の如《ごと》く、徐《しず》かなること林《はやし》の如《ごと》く、侵《おか》し掠《かす》めること火《ひ》の如《ごと》く、動《うご》かざること山《やま》の如《ごと》し。

これは中国《ちゅうごく》の兵書《へいしょ》『孫子《そんし》』の中《なか》にある言葉《ことば》です。

恵林寺《えりんじ》の快川《かいせん》和尚《おしょう》が書《か》いたその文字《もじ》は、川中島《かわなかじま》での武田軍《たけだぐん》の勇《いさ》ましい戦《たたか》いぶりを予見《よけん》しているように、信玄《しんげん》には感《かん》じられました。

「今度《こんど》こそ、上杉《うえすぎ》との決着《けっちゃく》をつけてくる」

「ええ、戦勝祝《せんしょういわ》いの支度《したく》を調《ととの》えて、お帰《かえ》りをお待《ま》ちしております。お帰《かえ》りになる頃《ころ》には、きっと新《あたら》しい子《こ》が生《う》まれておりますわ」

三条《さんじょう》の方《かた》はそう言《い》って微笑《ほほえ》みましたが、子《こ》を宿《やど》しているのは彼女《かのじょ》ではなく、信玄《しんげん》の側室《そくしつ》・油《あぶら》川夫人《かわふじん》です。

「生《う》まれたら、すぐにお知《し》らせしますね」

「うむ、油川《あぶらかわ》を頼《たの》んだぞ」

そうして、信玄《しんげん》は弟《おとうと》の信繁《のぶしげ》と信廉《のぶかど》、嫡男《ちゃくなん》の義信《よしのぶ》、甥《おい》の穴山信君《あなやまのぶただ》（のちの梅雪《ばいせつ》）をはじめ、軍《ぐん》師《し》・山本勘助《やまもとかんすけ》、重臣《じゅうしん》の飯富虎昌《おぶとらまさ》やその弟《おとうと》・飯富源四郎《おぶげんしろう》（のちの山県昌景《やまがたまさかげ》）、馬場信房《ばばのぶふさ》（のちの信春《のぶはる》）ら歴戦《れきせん》の強者《つわもの》たちを連《つ》れて、信濃《しなの》の川中島《かわなかじま》へと出陣《しゅつじん》していきました。

武田軍《たけだぐん》は諏訪《すわ》から和田峠《わだとうげ》を越《こ》え、8月《がつ》24日《か》に川中島《かわなかじま》に到着《とうちゃく》。

南側《みなみがわ》の妻女山《さいじょさん》に陣《じん》を構《かま》えた上杉軍《うえすぎぐん》と相対《あいたい》するように、武田軍《たけだぐん》は千曲川《ちくまがわ》を挟《はさ》んだ茶臼山《ちゃうすやま》に陣《じん》を敷《し》きました。

しかし、両軍動《りょうぐんうご》かず……。

五日後《いつかご》、信玄《しんげん》は茶臼山《ちゃうすやま》を引《ひ》き払《はら》い、敵《てき》に背《せ》を見《み》せるかたちで重臣《じゅうしん》・高坂弾正《こうさかだんじょう》（春日虎綱《かすがとらつな》）が守《まも》る海津城《かいづじょう》に向《む》かいました。

これは一見《いっけん》、無謀《むぼう》に見《み》えますが、上杉政虎《うえすぎまさとら》を誘《さそ》い出《だ》す作戦《さくせん》でした。上杉軍《うえすぎぐん》が信玄《しんげん》の背後《はいご》から襲《おそ》いかかってきたら、海津城《かいづじょう》から高坂《こうさか》率《ひき》いる軍《ぐん》が側面《そくめん》から迎《むか》え討《う》つ手《て》はずです。

「越後《えちご》の龍《りゅう》は動《うご》くでしょうか……」

信玄《しんげん》の護衛《ごえい》についている奥近習衆《おくきんじゅうしゅう》の真田《さなだ》源五郎《げんごろう》（のちの昌幸《まさゆき》）のつぶやきに、信玄《しんげん》は、ふっ、と口《くち》の端《はし》に笑《え》みを刷《は》きました。

「そう簡単《かんたん》に動《うご》く相手《あいて》ではあるまい。やはり、こちらから仕掛《しか》けるしかないようだな」

信玄《しんげん》の思《おも》ったように、政虎《まさとら》は動《うご》かず……。

両軍《りょうぐん》はふたたび、膠着状態《こうちゃくじょうたい》に陥《おち》りました。

海津城《かいづじょう》に入《はい》った信玄《しんげん》に、飯富虎昌《おぶとらまさ》と馬場《ばば》信房《のぶふさ》が詰《つ》め寄《よ》ります。

「御館様《おやかたさま》、上杉《うえすぎ》は先《さき》に川中島《かわなかじま》に入《はい》り、大胆《だいたん》にもこの海津城《かいづじょう》を素通《すどお》りし、妻女山《さいじょさん》に陣《じん》を張《は》りました。このまま見下《みお》ろされたままでは、味方《みかた》の士気《しき》にかかわりますぞ」

「一刻《いっこく》も早《はや》く上杉《うえすぎ》を攻《せ》めるべきかと！」

血気《けっき》に逸《はや》る重臣《じゅうしん》たちを見回《みまわ》し、信玄《しんげん》は「うむ」とうなずきました。

味方《みかた》の士気《しき》が充分《じゅうぶん》に高《たか》まるのを待《ま》っていたのです。

副将《ふくしょう》である弟《おとうと》の信繁《のぶしげ》も信玄《しんげん》の真意《しんい》を感《かん》じ、「兄上《あにうえ》！」と力強《ちからづよ》い目《め》で見《み》つめてきました。

信玄《しんげん》は軍議《ぐんぎ》の席《せき》にいる隻眼《せきがん》の男《おとこ》を見《み》ました。

「勘助《かんすけ》、信房《のぶふさ》とともに策《さく》を立《た》てよ！　政虎《まさとら》に山《やま》を下《くだ》らせるのだ！」

「はっ！」

軍師《ぐんし》・山本勘助《やまもとかんすけ》はさっそく策《さく》を練《ね》るため、馬場信房《ばばのぶふさ》とともに席《せき》を立《た》ちました。

一方《いっぽう》、躑躅ケ崎館《つつじがさきやかた》では。

9月《がつ》に入《はい》って間《ま》もなく、油川夫人《あぶらかわふじん》は、お産《さん》の激痛《げきつう》と戦《たたか》っていました。

「ああっ……う……うっ……ああっ！」

「しっかり！　さあ、もう少《すこ》しですよ！」

天井《てんじょう》から吊《つ》るされた白《しろ》い紐《ひも》を強《つよ》くつかみ、いきむ油川夫人《あぶらかわふじん》の身体《からだ》を侍女《じじょ》たちが支《ささ》えます。

油川夫人《あぶらかわふじん》はこれまでに、信玄《しんげん》との間《あいだ》に男子《だんし》をふたり産《う》んでいます。

（これで三人目《にんめ》……だから怖《こわ》くないわ！　御館様《おやかたさま》も今《いま》、川中島《かわなかじま》で戦《たたか》っておられるのです！　私《わたし》もこの戦《たたか》いを無事《ぶじ》に終《お》えてみせますとも！）

生《う》まれ落《お》ちたのは、玉《たま》のように美《うつく》しい女《おんな》の子《こ》でした。

姫《ひめ》の誕生《たんじょう》を報《しら》せにすぐに使者《ししゃ》が立《た》ち、川中島《かわなかじま》へと向《む》かいました。

そうして数日後《すうじつご》、その使者《ししゃ》が信玄《しんげん》からの書状《しょじょう》を持《も》って戻《もど》り、受《う》け取《と》った三条《さんじょう》の方《かた》は、さっそく油川夫人《あぶらかわふじん》のところへ出向《でむ》きました。

「油川殿《あぶらかわどの》、姫《ひめ》には『松《まつ》』という名《な》をいただきましたよ。御館様《おやかたさま》が川中島《かわなかじま》で軍議《ぐんぎ》を開《ひら》いている最中《さいちゅう》に、姫誕生《ひめたんじょう》の報《しら》せが届《とど》いたようです。御館様《おやかたさま》はそばに生《は》えていた松《まつ》の大木《たいぼく》にあやかり、戦勝《せんしょう》を祈願《きがん》して、この名《な》をつけたそうですよ」

古来《こらい》、松《まつ》は一年《いちねん》を通《とお》して青々《あおあお》と葉《は》を繁《しげ》らせていることから、神《かみ》が依《よ》る木《き》といわれ、不老長寿《ふろうちょうじゅ》の象徴《しょうちょう》でもあることから、縁起《えんぎ》の良《よ》いものとされています。

「そうですか……。とても良《よ》い名《な》をいただきました」

油川夫人《あぶらかわふじん》は産後《さんご》の疲《つか》れで、まだやつれた顔《かお》をしていました。

布団《ふとん》をいくつも積《つ》み重《かさ》ねた上《うえ》に身体《からだ》を預《あず》け、いくらか上半身《じょうはんしん》を起《お》こすかたちで横《よこ》になっているのですが、とてもつらそうです。

苦《くる》しい息《いき》の中《なか》、「ありがとうございます」と三条《さんじょう》の方《かた》に頭《あたま》を下《さ》げて、油川夫人《あぶらかわふじん》は乳母《うば》に抱《だ》かれている赤《あか》ん坊《ぼう》に手《て》を伸《の》ばし、そっと小《ちい》さな頭《あたま》を撫《な》でました。

「松《まつ》、この母《はは》とよく戦《たたか》ってくれました……そなたは芯《しん》の強《つよ》い子《こ》だわ」

「御館様《おやかたさま》もきっと、此度《こたび》の戦《いくさ》に勝《か》って戻《もど》られますわね」

三条《さんじょう》の方《かた》は乳母《うば》の腕《うで》から松《まつ》を抱《だ》き取《と》り、微笑《ほほえ》みかけました。

「なんとかわいらしい……。わたくしの産《う》んだ姫《ひめ》たちは、それぞれ嫁《とつ》いでおりますけれど、いずれ会《あ》うこともありましょう。その折《おり》には仲良《なかよ》くしてくださいね」

そう、松《まつ》にやさしく言《い》う三条《さんじょう》の方《かた》を見《み》て、油川夫人《あぶらかわふじん》は深《ふか》く感謝《かんしゃ》し、

「三条《さんじょう》の方様《かたさま》、松《まつ》をどうぞよろしくお願《ねが》いします」

と、産後《さんご》の苦《くる》しい息《いき》の中《なか》、頭《あたま》を下《さ》げたのでした。

やがて——。

川中島《かわなかじま》での戦《たたか》いを終《お》えた武田軍《たけだぐん》が、府中《ふちゅう》に帰還《きかん》しました。

「御館様《おやかたさま》、信廉殿《のぶかどどの》、義信《よしのぶ》……よくぞ、ご無事《ぶじ》で」

三条《さんじょう》の方《かた》は涙《なみだ》を堪《こら》え、信玄《しんげん》たちを出迎《でむか》えました。

戻《もど》ってきた身内《みうち》の中《なか》には、信玄《しんげん》の弟《おとうと》・信繁《のぶしげ》の姿《すがた》がありませんでした。信繁《のぶしげ》は激戦《げきせん》の最中《さなか》に、討《う》ち死《じ》にしたのです。

「信繁殿《のぶしげどの》は、見事《みごと》な最期《さいご》だったと聞《き》いております」

「ああ、信繁《のぶしげ》は副将《ふくしょう》として、立派《りっぱ》に戦《たたか》い抜《ぬ》いてくれた……」

川中島《かわなかじま》で、武田《たけだ》・上杉両軍《うえすぎりょうぐん》が激突《げきとつ》したのは、9月《がつ》10日《か》、早朝《そうちょう》。あたり一帯《いったい》に立《た》ち込《こ》める霧《きり》の中《なか》、八幡原《はちまんばら》に布陣《ふじん》した信玄《しんげん》の本隊《ほんたい》の目《め》の前《まえ》に、突如《とつじょ》として上杉《うえすぎ》軍《ぐん》が襲《おそ》い掛《か》かってきたのです。

前日《ぜんじつ》の9月《がつ》9日《か》の夜《よる》、信玄《しんげん》は密《ひそ》かに高坂弾正《こうさかだんじょう》率《ひき》いる別働隊《べつどうたい》一万《まん》二千《せん》を妻女山《さいじょさん》へ向《む》かわせて背後《はいご》から襲《おそ》い、ふいを突《つ》かれてあわてて山《やま》を下《くだ》ってくる上杉軍《うえすぎぐん》を、八幡原《はちまんばら》で信玄《しんげん》の本隊《ほんたい》八千《はっせん》が迎《むか》え、挟《はさ》み討《う》ちにする〝キツツキ戦法《せんぽう》〟を実行《じっこう》しました。

啄木鳥《きつつき》は虫《むし》を取《と》るとき、虫《むし》がいる木《き》の穴《あな》の反対側《はんたいがわ》をつつき、驚《おどろ》いた虫《むし》が穴《あな》から出《で》たところを捕《つか》まえます。それにたとえて、勘助《かんすけ》と信房《のぶふさ》が策《さく》を献《けん》じたのです。

しかし、これは失敗《しっぱい》に終《お》わりました。

上杉政虎《うえすぎまさとら》が策《さく》を見破《みやぶ》り、夜半《やはん》に静《しず》かに軍《ぐん》を率《ひき》いて山《やま》を下《お》りたため、武田《たけだ》の別働隊《べつどうたい》が妻女山《さいじょさん》に到着《とうちゃく》したときには、上杉《うえすぎ》の陣《じん》は篝火《かがりび》と紙旗《かみばた》が夜風《よかぜ》に揺《ゆ》れているだけだったのです。

山《やま》を下《お》りた上杉軍《うえすぎぐん》は夜陰《やいん》と朝霧《あさぎり》の中《なか》、静《しず》かに行軍《こうぐん》し、信玄《しんげん》の本隊《ほんたい》の前《まえ》に降《ふ》って湧《わ》いたかのように突然《とつぜん》、現《あらわ》れたといいます。

「まるで、天魔《てんま》の所業《しょぎょう》のようであったとか——」

「ああ、政虎《まさとら》にはしてやられた」

信玄《しんげん》はそのときのことを思《おも》い出《だ》し、苦々《にがにが》しく唇《くちびる》を噛《か》みました。

武田軍《たけだぐん》は鶴翼《かくよく》の陣《じん》を展開《てんかい》しましたが、陣形《じんけい》が整《ととの》わぬまま、車懸《くるまがか》りの陣《じん》で襲《おそ》いかかってきた上杉軍《うえすぎぐん》に翻弄《ほんろう》され、多《おお》くの死者《ししゃ》を出《だ》してしまいました。信玄《しんげん》の本隊《ほんたい》に上杉軍《うえすぎぐん》を近《ちか》づけまいと、弟《おとうと》の信繁《のぶしげ》や山本勘助《やまもとかんすけ》も懸命《けんめい》に戦《たたか》い、それぞれ壮絶《そうぜつ》な死《し》を遂《と》げたのです。

このように午前《ごぜん》は上杉《うえすぎ》が優勢《ゆうせい》でしたが、午後《ごご》になって戦況《せんきょう》が逆転《ぎゃくてん》しました。別働隊《べつどうたい》が妻女山《さいじょさん》を下《お》り、上杉軍《うえすぎぐん》の背後《はいご》に迫《せま》ったからです。

武田軍《たけだぐん》の優勢《ゆうせい》に転《てん》じたのち、政虎《まさとら》は信《しん》じられない行動《こうどう》に出《で》てきました。

ひとりで馬《うま》に乗《の》り、刀《かたな》を抜《ぬ》いて信玄《しんげん》の本陣《ほんじん》に突《つ》っ込《こ》んできたのです！

「我《われ》は毘沙門天《びしゃもんてん》の生《う》まれ変《か》わり、上杉政虎《うえすぎまさとら》！　甲斐《かい》の虎《とら》を討《う》ちにまいった！」

「越後《えちご》の龍《りゅう》か！」

「信玄《しんげん》、敗《やぶ》れたり！」

馬上《ばじょう》から斬《き》りかかってきた政虎《まさとら》の太刀《たち》を、床几《しょうぎ》に座《すわ》っていた信玄《しんげん》は軍配《ぐんばい》で受《う》けました。

信玄《しんげん》は刀《かたな》を抜《ぬ》いて斬《き》り結《むす》ぼうとしたのですが、その前《まえ》に政虎《まさとら》の乗《の》った馬《うま》の尻《しり》に、政虎《まさとら》を狙《ねら》って突《つ》いた武田《たけだ》兵《へい》の槍《やり》があやまって刺《さ》さり、驚《おどろ》いた馬《うま》が駆《か》け出《だ》してしまい……。

結局《けっきょく》、大将同士《たいしょうどうし》の一騎《いっき》打《う》ちも引《ひ》き分《わ》けのまま、今回《こんかい》の「第《だい》四次川中島《じかわなかじま》の戦《たたか》い」は、両軍《りょうぐん》の死《し》者八千《しゃはっせん》という多大《ただい》な犠牲《ぎせい》を払《はら》い、決着《けっちゃく》がつかずに終《お》わったのでした。

「本当《ほんとう》にお疲《つか》れ様《さま》でした。今夜《こんや》はゆっくりとおやすみください」

三条《さんじょう》の方《かた》が信玄《しんげん》を労《ねぎら》い、自《みずか》らぬるま湯《ゆ》を張《は》った手桶《ておけ》に布《ぬの》を浸《ひた》し、信玄《しんげん》の足《あし》を洗《あら》っていますと、そこへ嫡男《ちゃくなん》の義信《よしのぶ》が負傷《ふしょう》した身体《からだ》を押《お》して、乗《の》り込《こ》んできました。

「父上《ちちうえ》！　やはりあのとき、上杉《うえすぎ》を追《お》うべきではなかったのですか！」

義信《よしのぶ》は納得《なっとく》がいかぬ、とばかりに声《こえ》を荒《あら》らげました。

川中島《かわなかじま》で武田《たけだ》優勢《ゆうせい》のまま兵《へい》を引《ひ》き揚《あ》げるべきと言《い》った信玄《しんげん》に反対《はんたい》し、義信《よしのぶ》は最後《さいご》まで「上杉《うえすぎ》を追《お》うべき」と主張《しゅちょう》していたのです。

「義信《よしのぶ》、今更《いまさら》なにを申《もう》すか」

「亡《な》くなった叔父上《おじうえ》のためにも、越後《えちご》の龍《りゅう》を討《う》ち取《と》るべきだったのです！」

「義信様《よしのぶさま》、口《くち》が過《す》ぎますぞ！」

あわてて追《お》ってきた義信《よしのぶ》の守役《もりやく》・飯富虎昌《おぶとらまさ》が義信《よしのぶ》を制《せい》します。

「なれど！」

「義信様《よしのぶさま》！」

なおも食《く》ってかかろうとする義信《よしのぶ》の肩《かた》を虎昌《とらまさ》が押《お》さえ、信玄《しんげん》の前《まえ》から下《さ》がらせました。

疲《つか》れ切《き》った顔《かお》の信玄《しんげん》に、三条《さんじょう》の方《かた》があやまります。

「御館様《おやかたさま》、義信《よしのぶ》が出過《です》ぎたことを……申《もう》し訳《わけ》ございません」

「母親《ははおや》だからといって、そちがあやまることはない。それより、生《う》まれたばかりの姫《ひめ》はどうしておる？」

「健《すこ》やかに過《す》ごしておりますよ。あとで顔《かお》を見《み》に行《い》ってあげてください」

「うむ」

信玄《しんげん》は戦《いくさ》の汚《よご》れを落《お》とすと、さっそく松《まつ》のところへ向《む》かいました。

「おお、本当《ほんとう》に玉《たま》のような姫《ひめ》じゃ」

信玄《しんげん》は松《まつ》を抱《だ》き、「愛《あい》らしいのう」と目《め》に入《い》れても痛《いた》くないとばかりに、相好《そうごう》を崩《くず》しました。

この世《よ》の汚《けが》れをまだ知《し》らぬ、澄《す》んだ瞳《ひとみ》。

その無垢《むく》な笑顔《えがお》に、信玄《しんげん》はたちまち癒《い》やされたのです。

「油川《あぶらかわ》、ご苦労《くろう》だった。わしが川中島《かわなかじま》で戦《たたか》っていたとき、そちも姫《ひめ》を産《う》むために戦《たたか》っておったのだな」

「御館様《おやかたさま》……」

油川夫人《あぶらかわふじん》を労《ねぎら》うと、信玄《しんげん》は松《まつ》のかわいらしい頬《ほほ》をつつき、こう言《い》いました。

「松《まつ》や、そちには三国一《さんごくいち》の花婿《はなむこ》を見《み》つけてやろう」

信玄《しんげん》がにっこりと笑《わら》うと、松《まつ》も「きゃっきゃ」と愛《あい》らしい笑《わら》い声《ごえ》を上《あ》げました。

❖信玄《しんげん》の娘《むすめ》たち❖

「甲斐《かい》の虎《とら》」と謳《うた》われた名将《めいしょう》・武田信玄《たけだしんげん》には無事《ぶじ》に成人《せいじん》に至《いた》った娘《むすめ》が五人《にん》いました。ここで松姫《まつひめ》以外《いがい》の姉妹《しまい》を簡単《かんたん》にご紹介《しょうかい》します。

【黄梅院《おうばいいん》】（作中《さくちゅう》での名《な》は梅姫《うめひめ》）信玄《しんげん》の長女《ちょうじょ》。母《はは》は三条《さんじょう》の方《かた》。甲相駿三国同盟《こうそうすんさんごくどうめい》により、相模《さがみ》の北《ほう》条氏政《じょうじまさ》に嫁《とつ》ぐが、同盟《どうめい》の破綻《はたん》により甲斐《かい》へ戻《もど》され、失意《しつい》のうちに亡《な》くなった。

【見性院《けんしょういん》】（作中《さくちゅう》での名《な》は清姫《きよひめ》）信玄《しんげん》の次女《じじょ》。母《はは》は三条《さんじょう》の方《かた》。信玄《しんげん》の甥《おい》・穴山信君《あなやまのぶただ》に嫁《とつ》ぐが、のちに夫《おっと》が武田《たけだ》を裏切《うらぎ》る。晩年《ばんねん》、徳川《とくがわ》から第《だい》二代将軍《だいしょうぐん》・秀忠《ひでただ》のご落胤《らくいん》・保科正之《ほしなまさゆき》を預《あず》かり、養育《よういく》。

【真理姫《まりひめ》】信玄《しんげん》の三女《じょ》。母《はは》は不明《ふめい》。木曾氏《きそし》を親戚衆《しんせきしゅう》にするため義昌《よしまさ》と結婚《けっこん》。のちに夫《おっと》が武田《たけだ》を裏《うら》切《ぎ》る。九十八歳《さい》で没《ぼつ》。信玄《しんげん》の子《こ》どもの中《なか》では、いちばんの長寿《ちょうじゅ》。

【菊姫《きくひめ》】母《はは》は油川夫人《あぶらかわふじん》。真理姫《まりひめ》の下《した》に早逝《そうせい》した姫《ひめ》がいたらしく、信玄《しんげん》の五女《じょ》または六女《じょ》ともいわれる（松姫《まつひめ》の姉《あね》という説《せつ》もあり）。信玄《しんげん》の死後《しご》、異母兄《あに》・勝頼《かつより》の政略《せいりゃく》により、越後《えちご》の上杉景勝《うえすぎかげかつ》（謙《けん》信《しん》の甥《おい》で養子《ようし》）に嫁《とつ》ぐ。子《こ》はできず、上杉《うえすぎ》を頼《たよ》った末弟《まってい》・信清《のぶきよ》に最期《さいご》を看取《みと》られた。

信玄《しんげん》は子煩悩《こぼんのう》でしたが、娘《むすめ》たちは全員《ぜんいん》、政略《せいりゃく》の駒《こま》として使《つか》われました。

2　松姫《まつひめ》、生死《せいし》の境《さかい》をさまよう――永禄《えいろく》8年《ねん》（1565年《ねん》）――

松《まつ》が生《う》まれてから、二か月後《げつご》の永禄《えいろく》4年《ねん》（1561年《ねん》）11月《がつ》。

「第四次川中島《だいじかわなかじま》の戦《たたか》い」が終《お》わってから、まだ間《ま》もないというのに、信玄《しんげん》は上杉《うえすぎ》の勢力下《せいりょくか》にある関東《かんとう》の西上野《にしこうずけ》を攻《せ》めることにしました。

駿河《するが》の今川《いまがわ》に身《み》を寄《よ》せている父《ちち》・信虎《のぶとら》からの書状《しょじょう》が来《き》たのは、信玄《しんげん》がふたたび戦《いくさ》に明《あ》け暮《く》れているそんなときでした。

――我《わ》が孫《まご》とはいえ、氏真《うじざね》は太守《たいしゅ》の器《うつわ》ではない。今川《いまがわ》は十年《ねん》のうちに滅《ほろ》びるであろう。尾張《おわり》の織田《おだ》、三河《みかわ》の松平《まつだいら》に獲《と》られる前《まえ》に、駿河《するが》、遠江《とおとうみ》を攻《せ》めよ。

信玄《しんげん》は苦《にが》い顔《かお》をしました。

今川《いまがわ》とは、古《ふる》くから同盟関係《どうめいかんけい》にあるからです。

(氏真《うじざね》は蹴鞠《けまり》ばかりしていた公家《くげ》かぶれと聞《き》くが……。しかし、義元《よしもと》が桶狭間《おけはざま》で織田《おだ》に敗《やぶ》れたとはいえ、今川《いまがわ》はいまだ強大《きょうだい》。父上《ちちうえ》には困《こま》ったものだ。まだ甲斐《かい》の国主《こくしゅ》でいるつもりなのか、それとも、わしの父親面《ちちおやづら》をしたいだけなのか)

天文《てんぶん》23年《ねん》(1554年《ねん》)に今川《いまがわ》の軍師《ぐんし》・太原雪斎《たいげんせっさい》が進《すす》め、甲斐《かい》・相模《さがみ》・駿河《するが》の三国同盟《さんごくどうめい》が成立《りつ》しましたが、それ以前《いぜん》の天文《てんぶん》6年《ねん》(1537年《ねん》)、信玄《しんげん》の姉《あね》・多恵姫《たえひめ》(定恵院《じょうけいいん》)が義元《よしもと》に嫁《とつ》ぎ、甲斐《かい》と駿河《するが》は同盟《どうめい》を結《むす》んでいます。ですので、翌年《よくとし》の天文《てんぶん》7年《ねん》(1538年《ねん》)、義元《よしもと》と多《た》恵姫《えひめ》の間《あいだ》に生《う》まれた氏真《うじざね》は信玄《しんげん》の甥《おい》にあたります。

しかし、駿河《するが》や遠江《とおとうみ》には海《うみ》があります。豊富《ほうふ》な海産物《かいさんぶつ》に各地《かくち》との貿易《ぼうえき》を担《にな》う海運《かいうん》。山国《やまぐに》である甲斐《かい》にとって、それらはのどから手《て》が出《で》るほどほしいものではありますが——。

(南《みなみ》に目《め》を向《む》ければ、背後《はいご》を上杉《うえすぎ》に突《つ》かれる。それに、娘《むすめ》を氏真《うじざね》に嫁《とつ》がせている北条《ほうじょう》も黙《だま》ってはいまい……。時《とき》がくれば、動《うご》けばよい)

そう思《おも》い、信玄《しんげん》は父《ちち》・信虎《のぶとら》の催促《さいそく》を無視《むし》することにしました。

信玄《しんげん》はその後《ご》も上野《こうずけ》へ勢力《せいりょく》を伸《の》ばすことに力《ちから》を入《い》れ、この年《とし》の秋《あき》には上野《こうずけ》は吾妻《あがつま》より以西《いせい》を支配下《しはいか》に置《お》くことに成功《せいこう》。

このように戦《いくさ》を続《つづ》ける日々《ひび》の中《なか》、永禄《えいろく》6年《ねん》（1563年《ねん》）、武田家《たけだけ》に新《あら》たな命《いのち》が生《う》まれました。信玄《しんげん》と油川夫人《あぶらかわふじん》の間《あいだ》に、ふたたび愛《あい》らしい姫《ひめ》ができたのです。

松《まつ》より二歳下《さいした》のこの姫《ひめ》は、菊《きく》と名付《なづ》けられました。

「ふたりとも、かわいいなあ」

ひとつの布団《ふとん》で仲良《なかよ》く眠《ねむ》る松《まつ》と菊《きく》を見《み》て、兄《あに》の五郎《ごろう》と六郎《ろくろう》は自然《しぜん》と笑顔《えがお》になります。

「そなたたち、兄《あに》として妹《いもうと》たちの面倒《めんどう》をよく見《み》るのですよ」

油川夫人《あぶらかわふじん》の言葉《ことば》に、五郎《ごろう》と六郎《ろくろう》は元気《げんき》よく「はい！」とうなずきました。

このふたりは、その名前《なまえ》の通《とお》り、信玄《しんげん》の五男《なん》（のちの仁科五郎盛信《にしなごろうもりのぶ》）と六男《なん》（のちの葛山信貞《かづらやまのぶさだ》）にあたる男児《だんじ》で、母《はは》は松《まつ》や菊《きく》と同《おな》じ、油川夫人《あぶらかわふじん》です。

（いずれは、松《まつ》も菊《きく》も嫁《とつ》ぐ日《ひ》がきます……。それは、他国《たこく》かもしれないし、武田《たけだ》の家臣《かしん》の家《いえ》かもしれない……。姫《ひめ》たちがどこに嫁《とつ》いでも、この子《こ》たちには家族《かぞく》の絆《きずな》を大切《たいせつ》にしてほしい）

油川夫人《あぶらかわふじん》がそう願《ねが》う気持《きも》ちの裏《うら》には、信玄《しんげん》と嫡男《ちゃくなん》・義信《よしのぶ》の仲《なか》がこじれてきているということがありました。

「第四次川中島《だいじかわなかじま》の戦《たたか》い」の際《さい》、戦《たたか》いの方針《ほうしん》をめぐって対立《たいりつ》したあたりから、義信《よしのぶ》は父《ちち》・信玄《しんげん》に対《たい》し、不満《ふまん》を募《つの》らせているという噂《うわさ》です。

昨年《さくねん》の6月《がつ》に、信玄《しんげん》の四男《なん》・勝頼《かつより》が信濃《しなの》の高遠城主《たかとおじょうしゅ》になったことも、義信《よしのぶ》は気《き》に入《い》らないといいます。勝頼《かつより》の母《はは》が諏訪《すわ》氏《し》の出身《しゅっしん》なので、その名跡《みょうせき》を継《つ》ぐという理屈《りくつ》は理解《りかい》できるのですが、側室《そくしつ》の子《こ》で部屋《へや》住《ず》みだった異母弟《おとうと》が突然《とつぜん》、城持《しろも》ちになったのが気《き》に食《く》わないのでしょう。

家中《かちゅう》に火種《ひだね》を抱《かか》えたまま、その翌年《よくとし》の永禄《えいろく》7年《ねん》（1564年《ねん》）の夏《なつ》、「第五次川中島《だいじかわなかじま》の戦《たたか》い」が起《お》こり、信玄《しんげん》はまた出陣《しゅつじん》していきました。

この戦《たたか》いは六十日間《にちかん》対陣《たいじん》するも、両軍《りょうぐん》動《うご》かず……。結局《けっきょく》、上杉《うえすぎ》が国許《くにもと》で起《お》きた反乱《はんらん》を鎮《しず》めるため引《ひ》き揚《あ》げたのを機《き》に、幕引《まくひ》きとなりました。

上杉《うえすぎ》はその後《ご》、北信濃《きたしなの》へ出陣《しゅつじん》せず……これによって念願《ねんがん》の北信濃《きたしなの》を掌握《しょうあく》した信玄《しんげん》は、ついに南《みなみ》に目《め》を向《む》けることにしました。

「甲斐《かい》・信濃《しなの》は山国《やまぐに》。やはり海《うみ》がほしい」

狙《ねら》いは駿河《するが》、遠江《とおとうみ》です。

この二国《こく》は、信玄《しんげん》の甥《おい》でもある今川氏真《いまがわうじざね》が治《おさ》めていますが、永禄《えいろく》3年《ねん》（1560年《ねん》）「桶狭《おけはざ》間《ま》の戦《たたか》い」にて「海道一《かいどういち》の弓取《ゆみと》り」と謳《うた》われた名将《めいしょう》・今川義元《いまがわよしもと》が尾張《おわり》の織田信長《おだのぶなが》に討《う》ち取《と》られてから、三河《みかわ》の松平家康《まつだいらいえやす》など家臣《かしん》の離反《りはん》が相次《あいつ》ぎ、目《め》に見《み》えて弱体化《じゃくたいか》が進《すす》んでいました。

以前《いぜん》、父《ちち》・信虎《のぶとら》が織田《おだ》や松平《まつだいら》に先《さき》んじて奪《うば》い取《と》るよう催促《さいそく》してきたことを、信玄《しんげん》は忘《わす》れていなかったのです。

「ようやく、〝その時《とき》〟がきた」

しかし、これには義信《よしのぶ》が反対《はんたい》の声《こえ》を上《あ》げました。

「今川《いまがわ》とは同盟《どうめい》を結《むす》んでいるではありませんか！　それに、氏真殿《うじざねどの》の亡《な》き母《はは》は我《われ》らの伯母《おば》……

父上《ちちうえ》の姉君《あねぎみ》です。血《ち》のつながった甥《おい》を攻《せ》めるというのですか⁉」

天文《てんぶん》23年《ねん》（1554年《ねん》）に成立《せいりつ》した甲相駿三国同盟《こうそうすんさんごくどうめい》。

その年《とし》、信玄《しんげん》の長女《ちょうじょ》・梅姫《うめひめ》（のちの黄梅院《おうばいいん》）が北条氏康《ほうじょううじやす》の嫡男《ちゃくなん》・氏政《うじまさ》に、氏康《うじやす》の長女《ちょうじょ》・安姫《やすひめ》（早川殿《はやかわどの》）が今川氏真《いまがわうじざね》に嫁《とつ》いだことで三国同盟《さんごくどうめい》は完成《かんせい》を見《み》たのですが、この二年前《ねんまえ》に義信《よしのぶ》は今《いま》川《がわ》の姫《ひめ》と結婚《けっこん》しています。

義信《よしのぶ》の正室《せいしつ》・春姫《はるひめ》（のちの嶺松院《れいしょういん》）は、今川義元《いまがわよしもと》と信玄《しんげん》の姉《あね》・多恵姫《たえひめ》の間《あいだ》にできた長女《ちょうじょ》で、氏真《うじざね》の妹姫《いもうとひめ》。

つまり、義信《よしのぶ》にとって氏真《うじざね》は義兄《あに》であると同時《どうじ》に、血《ち》のつながった従兄弟《いとこ》でもあるのです。

それに、天文《てんぶん》7年《ねん》（1538年《ねん》）生《う》まれの義信《よしのぶ》と氏真《うじざね》は同《おな》い年《どし》。

そういうわけで、南《みなみ》の隣国《りんごく》・駿河《するが》にいる氏真《うじざね》に対《たい》し、義信《よしのぶ》は強《つよ》い絆《きずな》を感《かん》じていたのでした。

「血《ち》は水《みず》よりも濃《こ》いといいます。川中島《かわなかじま》から手《て》を退《ひ》いたとはいえ、上杉《うえすぎ》は依然《いぜん》として我《われ》らの敵《てき》。

今川《いまがわ》とはこれからも協力《きょうりょく》していくべきです！」

(義信《よしのぶ》はなにかと、わしに楯突《たてつ》くようになった……。このままでは、謀反《むほん》を起《お》こすやもしれぬ)

苦《にが》い気持《きも》ちで、信玄《しんげん》は昔《むかし》のことを思《おも》い出《だ》しました。

天文《てんぶん》10年《ねん》（1541年《ねん》）に、信玄《しんげん》は実《じつ》の父《ちち》・信虎《のぶとら》を追放《ついほう》し、武田《たけだ》の家督《かとく》を奪《うば》い取《と》ったのです。

「甲斐《かい》の民《たみ》だけでなく牛《うし》さえも悲嘆《ひたん》に暮《く》れていた」と言《い》われるほど、信虎《のぶとら》の横暴《おうぼう》さが増《ま》したためもありますが、信虎《のぶとら》が昔《むかし》から嫡男《ちゃくなん》である信玄《しんげん》を軽《かろ》んじて次男《じなん》の信繁《のぶしげ》をかわいがっていたため、いずれ家中《かちゅう》の分裂《ぶんれつ》を招《まね》くと考《かんが》えた信玄《しんげん》は、信虎《のぶとら》が駿河《するが》に娘《むすめ》と孫《まご》の顔《かお》を見《み》に行《い》ったのを機《き》に、そのまま国境《くにざかい》を封鎖《ふうさ》し、駿河《するが》に追放《ついほう》したのです。

甲斐《かい》のため、武田家《たけだけ》のためとはいえ、信玄《しんげん》にとってそれは苦《くる》しい決断《けつだん》でした。

義信《よしのぶ》の頭《あたま》の中《なか》にも、当然《とうぜん》、過去《かこ》の信玄《しんげん》の所業《しょぎょう》がよぎっていることでしょう。

(武田《たけだ》は大《おお》きくなった……。同《おな》じことを繰《く》り返《かえ》すわけにはいかぬ！)

このように義信《よしのぶ》の動向《どうこう》に神経《しんけい》を尖《とが》らせていた信玄《しんげん》は、別《べつ》のことで心《こころ》を痛《いた》めることになりました。

永禄《えいろく》8年《ねん》（1565年《ねん》）の5月《がつ》、松《まつ》が高熱《こうねつ》を出《だ》して倒《たお》れたのです。

松《まつ》が病《やまい》に臥《ふ》してから、数日後《すうじつご》――。

「松《まつ》の熱《ねつ》は、まだ下《さ》がらぬのか？」

政務《せいむ》の合間《あいま》を縫《ぬ》って、信玄《しんげん》は様子《ようす》を見《み》にきました。

松《まつ》の顔《かお》は赤《あか》く火照《ほて》り、息《いき》も苦《くる》しそうです。

「御館様《おやかたさま》……」

看病《かんびょう》についている油川夫人《あぶらかわふじん》はもう何日《なんにち》も寝《ね》ずにいます。松《まつ》のことが心配《しんぱい》で片時《かたとき》も離《はな》れたくないのです。

五郎《ごろう》と六郎《ろくろう》、そして、まだ三歳《さい》と幼《おさな》い菊《きく》は病《やまい》が感染《うつ》っては大変《たいへん》ですので、松《まつ》の部屋《へや》には近《ちか》づけないようにしていましたが、皆《みな》、松《まつ》が心配《しんぱい》で時折《ときおり》、部屋《へや》の外《そと》に来《き》ては障子越《しょうじご》しに様子《ようす》を尋《たず》ねていきます。

三条《さんじょう》の方《かた》も松《まつ》を心配《しんぱい》して見舞《みま》いに来《き》てくれたり、油川夫人《あぶらかわふじん》の負担《ふたん》を少《すこ》しでも軽《かる》くしようと侍女《じじょ》を手伝《てつだ》いに寄《よ》こしたりしてくれました。

もちろん、父《ちち》の信玄《しんげん》も例外《れいがい》ではなく、自分《じぶん》が来《こ》られないときは使者《ししゃ》を立《た》て、病状《びょうじょう》を細《こま》かく報告《ほうこく》させ、そのたびに心《こころ》を痛《いた》めていたのです。

「松《まつ》……松《まつ》、しっかりするのじゃ」

小《ちい》さな身体《からだ》で高熱《こうねつ》と一生懸命戦《いっしょうけんめいたたか》っている幼《おさな》い姫《ひめ》を見《み》ているうちに、信玄《しんげん》の目《め》に涙《なみだ》がこみあげてきました。

名医《めいい》を呼《よ》んで診《み》せたのにもかかわらず、病状《びょうじょう》は良《よ》くなるどころか悪化《あっか》しているように思《おも》えます。

「こうなれば、神助《しんじょ》に頼《たよ》るほかない。行《い》ってくる！」

今《いま》、躑躅《つつじ》ケ崎館《がさきやかた》を離《はな》れるのは大変心配《たいへんしんぱい》でしたが、信玄《しんげん》は支度《したく》を調《ととの》えると、南《みなみ》の方角《ほうがく》――富士《ふじ》を目指《めざ》して馬《うま》で駆《か》けて行《い》きました。

（ここはどこ……？）

気《き》がつくと、松《まつ》は暗闇《くらやみ》の中《なか》にいました。

真夜中《まよなか》に目《め》を覚《さ》ましたのだと思《おも》い、松《まつ》は起《お》き上《あ》がりました。

「母上《ははうえ》……母上《ははうえ》、ここはどこですか？」

不安《ふあん》になった松《まつ》は、まず母《はは》の姿《すがた》を求《もと》めましたが、返事《へんじ》はありません。

「父上《ちちうえ》！　菊《きく》！　五郎兄様《ごろうにいさま》！　六郎兄様《ろくろうにいさま》！」

続《つづ》けて大切《たいせつ》な家族《かぞく》の名《な》を呼《よ》びましたが、やはり答《こた》える声《こえ》はなく――。

（ここはどこなの？　身体《からだ》が熱《あつ》い……まるで火《ひ》に包《つつ》まれているよう）

身体《からだ》がだるく、歩《ある》こうとしても力《ちから》が入《はい》りません。

（わたし、どうしてしまったの？　なぜ、こんなにも熱《あつ》くてだるいの）

不安《ふあん》に胸《むね》が押《お》しつぶされそうになったとき、

「あっ……」

ふっ、と身体《からだ》が軽《かる》くなり、松《まつ》は走《はし》り出《だ》しました。

一刻《いっこく》も早《はや》く、暗闇《くらやみ》から抜《ぬ》け出《だ》し、家族《かぞく》のもとに戻《もど》りたかったのです。

すると、遠《とお》くに星《ほし》がひとつ輝《かがや》きました。

その光《ひかり》を目指《めざ》して駆《か》けて行《い》くと、それはだんだん大《おお》きくなり――。

「父上《ちちうえ》――!?」

光《ひかり》の中《なか》で、一生懸命《いっしょうけんめい》、手《て》を合《あ》わせて祈《いの》っている父《ちち》・信玄《しんげん》の姿《すがた》が見《み》えました。

いつもはたくましく見《み》えるその背中《せなか》が、なぜか震《ふる》えています。

「父上《ちちうえ》？」

信玄《しんげん》は泣《な》いていました。

必死《ひっし》で手《て》を合《あ》わせながら、涙《なみだ》を流《なが》しているのです。

「我《わ》が娘《むすめ》の命《いのち》を、どうかお助《たす》けください……！」

(我《わ》が娘《むすめ》？　わたしのこと？)

「父上《ちちうえ》、わたしならここにいますよ？」

父《ちち》の背中《せなか》をさすろうと、松《まつ》は懸命《けんめい》に手《て》を伸《の》ばしました。


「松《まつ》！」

伸《の》ばした手《て》を取《と》ったのは、母《はは》の油川夫人《あぶらかわふじん》でした。

「あ……母上《ははうえ》？」

「よかった、気《き》がついて。ずっと、うなされていたのよ」

油川夫人《あぶらかわふじん》が、ほっとした顔《かお》で松《まつ》の小《ちい》さな手《て》を握《にぎ》ります。

松《まつ》は熱《ねつ》を出《だ》して、何日《なんにち》も寝込《ねこ》んでいたのです。

「母上《ははうえ》、父上《ちちうえ》は？」

「父上《ちちうえ》は出《で》かけておられます。そなたの熱《ねつ》がなかなか下《さ》がらないので、富士《ふじ》の浅間神社《せんげんじんじゃ》に病気《びょうき》平癒《へいゆ》のお詣《まい》りに行《い》かれたのですよ」

「お詣《まい》りに……？」

「ええ、きっとそのおかげですよ、松《まつ》の熱《ねつ》が下《さ》がったのは！」

(父上《ちちうえ》が神様《かみさま》に懸命《けんめい》に祈《いの》ってくださったのね)

夢《ゆめ》で見《み》たのは、きっとそんな信玄《しんげん》の姿《すがた》だったのでしょう。

しばらくして、躑躅ヶ崎館《つつじがさきやかた》に戻《もど》った信玄《しんげん》は、元気《げんき》になった松《まつ》を見《み》て、安堵《あんど》の笑《え》みを浮《う》かべました。

「松《まつ》、よかった。本当《ほんとう》によかった。父《ちち》はどれほど心配《しんぱい》したか……」

「父上《ちちうえ》……くすぐったいです」

頬《ほお》ずりする信玄《しんげん》の髭《ひげ》が少《すこ》しチクチクするので、松《まつ》はころころと笑《わら》いました。

信玄《しんげん》は翌《よく》6月《がつ》、富士山《ふじさん》のふもとの浅間神社《せんげんじんじゃ》に松《まつ》を連《つ》れて行《い》ってくれました。

その道中《どうちゅう》は、とても楽《たの》しいものでした。

時折《ときおり》、油川夫人《あぶらかわふじん》の里《さと》である東油川《ひがしあぶらかわ》や笛吹川《ふえふきがわ》のほとりに出《で》かけることはありますが、こんなに遠出《とおで》したのは初《はじ》めてです。

「父上《ちちうえ》！　躑躅ヶ崎《つつじがさき》より富士《ふじ》の山《やま》が大《おお》きく見《み》えます！」

はしゃぐ松《まつ》の声《こえ》に、信玄《しんげん》はにこにことうなずきます。

「うむうむ、富士《ふじ》は日本一《ひのもといち》の山《やま》じゃからのう」

正直《しょうじき》、躑躅ヶ崎館《つつじがさきやかた》から見《み》える富士《ふじ》は遠《とお》く山々《やまやま》の尾根《おね》の向《む》こうに頂《いただき》が見《み》えている状態《じょうたい》で、松《まつ》はこれまであまり身近《みぢか》に感《かん》じていなかったのです。

「甲斐国《かいのくに》は、こんなに素晴《すば》らしい山《やま》を持《も》っていたのですね」

「そうじゃよ、甲斐《かい》は日本一《ひのもといち》の山《やま》を持《も》つ、日本一《ひのもといち》の国《くに》ぞ」

「日本一《ひのもといち》……」

浅間神社《せんげんじんじゃ》に到着《とうちゃく》すると、信玄《しんげん》は松《まつ》の手《て》を引《ひ》き、大鳥居《おおとりい》をくぐりました。

「さあ、松《まつ》。神様《かみさま》にともにお礼《れい》を申《もう》し上《あ》げよう」

「はい！」

大好《だいす》きな父《ちち》の手《て》をぎゅっと握《にぎ》り、松《まつ》は本殿《ほんでん》に向《む》かったのでした。

信玄《しんげん》は子煩悩《こぼんのう》だった

信玄《しんげん》はなによりも人《ひと》と人《ひと》とのつながりを大事《だいじ》にしたので、武田《たけだ》の家臣団《かしんだん》は結束《けっそく》が固《かた》いことで有名《ゆうめい》でした。それは家族《かぞく》に対《たい》しても同《おな》じで、物語《ものがたり》で見《み》たように、松姫《まつひめ》の病気平癒《びょうきへいゆ》を願《ねが》って上吉田北口本宮富士浅間神社《かみよしだきたぐちほんぐうふじせんげんじんじゃ》に願文《がんもん》を奉納《ほうのう》し、助《たす》かったときには、「6月《がつ》に姫《ひめ》を富士《ふじ》へ参詣《さんけい》させる事《こと》」「僧侶《そうりょ》を集《あつ》め、五部《ぶ》の大乗経《だいじょうきょう》を読誦《どくしょう》する事《こと》」「神馬《しんめ》を三頭《とう》、奉納《ほうのう》する事《こと》」を神様《かみさま》に約束《やくそく》しました。

長女《ちょうじょ》の黄梅院《おうばいいん》（作中《さくちゅう》では梅姫《うめひめ》）が十五歳《さい》で初《はじ》めての子《こ》を懐妊《かいにん》したときは、富士御室浅間神社《ふじおむろせんげんじんじゃ》に安産祈願《あんざんきがん》をし、「安産《あんざん》だった場合《ばあい》、関所《せきしょ》を一《いっ》か所撤廃《しょてっぱい》する」という約束《やくそく》をしています。同《おな》じく、富士御室浅間神社《ふじおむろせんげんじんじゃ》では、嫡男《ちゃくなん》・義信《よしのぶ》の正室《せいしつ》（作中《さくちゅう》では春姫《はるひめ》）の病気平癒《びょうきへいゆ》を祈《いの》り、大規模《だいきぼ》な法要《ほうよう》を営《いとな》んだとも。

また、次男《じなん》・竜宝《りゅうほう》が十五歳《さい》のときに疱瘡《ほうそう》にかかり、失明《しつめい》の危機《きき》に陥《おちい》ったときには、「無事平癒《ぶじへいゆ》の際《さい》は本殿《ほんでん》を寄進《きしん》する」「もし隻眼《せきがん》となったら、仏門《ぶつもん》に入《い》れる」「不幸《ふこう》にも両目《りょうめ》の光《ひかり》を失《うしな》ったならば、自身《じしん》の右眼《みぎめ》と息子《むすこ》の右眼《みぎめ》を交換《こうかん》したい」と願文《がんもん》を書《か》いています。

甲斐《かい》の虎《とら》は子《こ》どもたちの健《すこ》やかな成長《せいちょう》を心《こころ》から願《ねが》う、良《よ》き父親《ちちおや》だったのですね。

戦国姫《せんごくひめ》

―松姫《まつひめ》の物語《ものがたり》―

暗《あん》晦《かい》の章《しょう》

1　長兄《ちょうけい》・義信《よしのぶ》の謀反《むほん》――永禄《えいろく》8年《ねん》(1565年《ねん》)――

永禄《えいろく》8年《ねん》(1565年《ねん》)、6月《がつ》。

松《まつ》の病《やまい》が癒《い》え、安心《あんしん》した信玄《しんげん》のもとに織田《おだ》からの密使《みっし》がやってきました。

それは、信長《のぶなが》の養女《ようじょ》(信長《のぶなが》の実《じつ》の姪《めい》)を信玄《しんげん》の四男《なん》・勝頼《かつより》に嫁《とつ》がせ、同盟《どうめい》を結《むす》びたいという話《はなし》でした。信長《のぶなが》は今《いま》、美濃攻略《みのこうりゃく》を進《すす》めており、いずれ織田《おだ》が美濃《みの》を獲《と》れば、隣国《りんごく》・信濃《しなの》を支配《しはい》する武田《たけだ》と国境《くにざかい》を接《せっ》することになります。

「ほう、信長《のぶなが》は、美濃《みの》の次《つぎ》は西《にし》へ目《め》を向《む》けるということか」

先月《せんげつ》、京《きょう》では大変《たいへん》な事件《じけん》が起《お》きていました。

室町幕府《むろまちばくふ》第《だい》十三代将軍《だいしょうぐん》・足利義輝《あしかがよしてる》が暗殺《あんさつ》されたのです。

(これからますます天下《てんか》は乱《みだ》れる……。「桶狭間《おけはざま》の戦《たたか》い」で義元《よしもと》を葬《ほうむ》り去《さ》った今《いま》、今川《いまがわ》は信長《のぶなが》の敵《てき》ではない)

そうなると、織田《おだ》の憂《うれ》いは東《ひがし》の武田《たけだ》ということになります。武田《たけだ》と同盟《どうめい》を結《むす》べば、信長《のぶなが》は心《こころ》置《お》きなく西《にし》へと進《すす》むことができるのです。

(しかし、今川《いまがわ》と同盟関係《どうめいかんけい》にある我《わ》が武田《たけだ》に同盟《どうめい》を持《も》ちかけるとは……)

これは駿河《するが》・遠江《とおとうみ》を武田《たけだ》とともに奪《うば》い取《と》り、分割《ぶんかつ》しようと、織田《おだ》が言《い》ってきているのも同然《どうぜん》です。

(やはり、今《いま》が〝その時《とき》〟ということか)

信玄《しんげん》は方針《ほうしん》を決《き》め、内々《ないない》に承諾《しょうだく》し、この話《はなし》を進《すす》めることにしました。

織田《おだ》と同盟《どうめい》を結《むす》べば、織田《おだ》と敵対《てきたい》している今川《いまがわ》とは同盟《どうめい》を破棄《はき》することになります。それは同時《どうじ》に甲相駿三国同盟《こうそうすんさんごくどうめい》の崩壊《ほうかい》を意味《いみ》していました。

(まずは義信《よしのぶ》を説得《せっとく》せねば……)

しかし、そう思《おも》っていた矢先《やさき》――7月《がつ》に入《はい》ったある日《ひ》、義信《よしのぶ》が守役《もりやく》の飯富虎昌《おぶとらまさ》らと謀反《むほん》を企《くわだ》てているという密告《みっこく》がありました。

(義信《よしのぶ》は、やはり、わしを追《お》い落《お》とすつもりか)

前《まえ》から懸念《けねん》していたことが、ついに起《お》きてしまったのです。

「やむをえん……義信《よしのぶ》を捕《と》らえよ！」

信玄《しんげん》は9月《がつ》に入《はい》ってから、義信《よしのぶ》を東光寺《とうこうじ》に幽閉《ゆうへい》し、虎昌《とらまさ》以下《いか》、義信《よしのぶ》に同調《どうちょう》した者《もの》たちを次々《つぎつぎ》と捕《と》らえました。

そうして、9月《がつ》9日《か》。織田《おだ》から正式《せいしき》な使者《ししゃ》が来《き》て、11月《がつ》に勝頼《かつより》と信長《のぶなが》の養女《ようじょ》の祝言《しゅうげん》が挙《あ》げられることが決《き》まりました。

(これで武田《たけだ》の未来《みらい》も決《き》まった。跡取《あとと》りは勝頼《かつより》だ)

信玄《しんげん》には名門《めいもん》・海野《うんの》家《け》に養子《ようし》に出《だ》した次男《じなん》の信親《のぶちか》(竜宝《りゅうほう》)がいますが、盲目《もうもく》のため、家督《かとく》を継《つ》ぐことはできません。三男《なん》・信之《のぶゆき》は早逝《そうせい》していますので、そうしますと、次代《じだい》の武田《たけだ》を担《にな》うのは、四男《なん》の勝頼《かつより》ということになるのです。

10月《がつ》15日《にち》、信玄《しんげん》は幽閉《ゆうへい》したまま義信《よしのぶ》を廃嫡《はいちゃく》。

虎昌《とらまさ》をはじめ、謀反《むほん》に関与《かんよ》した者《もの》たち八十人《にん》を処刑《しょけい》または他国《たこく》へ追放《ついほう》するという、一大粛清《いちだいしゅくせい》を行《おこな》いました。

翌《よく》11月《がつ》に入《はい》った、ある晴《は》れた日《ひ》。

松《まつ》と菊《きく》は母《はは》の油川夫人《あぶらかわふじん》に連《つ》れられて、笛吹川《ふえふきがわ》に遊《あそ》びに来《き》ていました。

初冬《しょとう》の空気《くうき》は澄《す》み、川《かわ》のせせらぎが耳《みみ》にやさしく届《とど》きます。

「きゃ、冷《つめ》たい！」

川《かわ》べりにしゃがんで水《みず》をさわった菊《きく》が飛《と》び上《あ》がり、手《て》をパタパタ振《ふ》りますと、冷《つめ》たいしずくがそばにいた松《まつ》の頬《ほほ》に飛《と》んできました。

「やだ、菊《きく》！　冷《つめ》たいでしょ」

「姫様方《ひめさまがた》、危《あぶ》ないですから、もう少《すこ》し川《かわ》から離《はな》れてくださいまし」

乳母《うば》がたしなめると、油川夫人《あぶらかわふじん》もふたりを諭《さと》しました。

「松《まつ》、菊《きく》、川《かわ》に入《はい》ってはいけませんよ」

「はい、母上《ははうえ》」

松《まつ》と菊《きく》は素直《すなお》に言《い》うことを聞《き》き、川辺《かわべ》で石《いし》を拾《ひろ》ったりして遊《あそ》びました。

松《まつ》は今《いま》、五歳《さい》。菊《きく》は三歳《さい》。

ふたりはとても仲《なか》が良《よ》く、いつも一緒《いっしょ》です。

（なんとかわいらしいこと……）

油川夫人《あぶらかわふじん》は姫《ひめ》たちの健《すこ》やかな成長《せいちょう》に目《め》を細《ほそ》め、それと同時《どうじ》に、重《おも》い気持《きも》ちを胸《むね》の奥《おく》に押《お》し込《こ》めました。

嫡男《ちゃくなん》の義信《よしのぶ》が幽閉《ゆうへい》されたことで、躑躅ヶ崎館《つつじがさきやかた》にはなんとも言《い》えない重《おも》い空気《くうき》が漂《ただよ》っていました。

夫《おっと》と引《ひ》き離《はな》された春姫《はるひめ》は幼《おさな》い姫《ひめ》を抱《だ》きしめては、泣《な》き暮《く》らしています。愛《あい》する息子《むすこ》を幽閉《ゆうへい》された三条《さんじょう》の方《かた》は気丈《きじょう》に振《ふ》る舞《ま》ってはいますが、同《おな》じ子《こ》を持《も》つ母親《ははおや》として油川夫人《あぶらかわふじん》はいたたまれず……。

子《こ》どもの無邪気《むじゃき》な笑《わら》い声《ごえ》は、時《とき》に苦《にが》い針《はり》となって人《ひと》の心《こころ》に刺《さ》さることがあります。だからと言《い》って、遊《あそ》び盛《ざか》りの松《まつ》や菊《きく》をずっとおとなしくさせるのは難《むずか》しく……。

それで、ふたりを伸《の》び伸《の》びと遊《あそ》ばせてあげたくて、笛吹川《ふえふきがわ》までやってきたのです。

(この子《こ》たちは、政《まつりごと》とは無縁《むえん》の場所《ばしょ》にいさせてあげたいけれど……)

信玄《しんげん》の長女《ちょうじょ》・梅姫《うめひめ》は隣国《りんごく》・相模《さがみ》の北条《ほうじょう》に嫁《とつ》いでいますが、次女《じじょ》の清姫《きよひめ》は親戚衆《しんせきしゅう》に、三女《じょ》の真《ま》理姫《りひめ》は家臣《かしん》に嫁《とつ》いでいます。しかも真理姫《まりひめ》の場合《ばあい》は、木曽氏《きそし》を親戚衆《しんせきしゅう》に加《くわ》えるための結婚《けっこん》です。

(あと、十年《ねん》もすれば、きっと松《まつ》に縁談《えんだん》が持《も》ち上《あ》がるでしょう。そのときまで、なんの憂《うれ》いもなく過《す》ごさせてあげられたら……)

油川夫人《あぶらかわふじん》がそんなことをつらつらと考《かんが》えていますと、

「母上《ははうえ》、見《み》て見《み》て」

と目《め》の前《まえ》に小《ちい》さな手《て》が差《さ》し出《だ》されました。

顔《かお》を上《あ》げると、松《まつ》が白《しろ》くて丸《まる》い石《いし》を手《て》のひらにふたつ載《の》せ、にこにこと笑《わら》っています。

その石《いし》はそれぞれ透《す》き通《とお》った筋《すじ》があり、陽《ひ》の光《ひかり》を受《う》けてキラキラと輝《かがや》いていました。

「この石《いし》、とっても綺麗《きれい》でしょう？　躑躅ヶ崎《つつじがさき》に戻《もど》ったら、三条《さんじょう》の方様《かたさま》と義姉上様《あねうえさま》に差《さ》し上《あ》げてもいいですか？」

「まあ、三条《さんじょう》の方様《かたさま》と春姫様《はるひめさま》に？」

「はい。おふたりとも、義信《よしのぶ》の兄上《あにうえ》がお寺《てら》に籠《こ》もられてから、ずっと悲《かな》しい顔《かお》をなさっているから」

「……松《まつ》は、やさしいのね」

油川夫人《あぶらかわふじん》がやさしく頭《あたま》を撫《な》でますと、松《まつ》がそっと訊《き》いてきました。

「あの……義信《よしのぶ》の兄上《あにうえ》が悪《わる》いことをしたから、父上《ちちうえ》がお寺《てら》に閉《と》じ込《こ》めたというのは、本当《ほんとう》なのですか？　父上《ちちうえ》は兄上《あにうえ》のことが嫌《きら》いなのですか？」

「……――」

すぐには答《こた》えられず、油川夫人《あぶらかわふじん》は目《め》を逸《そ》らしました。

どんなに周《まわ》りが気《き》をつけていても、噂《うわさ》というのはいろんなところをすり抜《ぬ》けて、小《ちい》さな耳《みみ》に入《はい》ってしまうものなのです。

「父上《ちちうえ》はね、義信様《よしのぶさま》のことが嫌《きら》いなわけじゃなくて……怒《おこ》っているだけなのよ」

その証拠《しょうこ》に廃嫡《はいちゃく》したものの命《いのち》は取《と》らず、信玄《しんげん》は幽閉《ゆうへい》というかたちで義信《よしのぶ》を政《まつりごと》から切《き》り離《はな》しています。

（いずれは出家《しゅっけ》させるなりして、お許《ゆる》しになるおつもりかしら……）

油川夫人《あぶらかわふじん》がそう思《おも》っていると、松《まつ》が悲《かな》しそうな瞳《ひとみ》で見《み》つめてきました。

「では、なぜ、父上《ちちうえ》はあんなにつらそうな顔《かお》をしているのですか？」

「松《まつ》……」

小《ちい》さいながらも、父《ちち》と兄《あに》の諍《いさか》いに心《こころ》を痛《いた》めている。

そんなやさしい娘《むすめ》を見《み》て、油川夫人《あぶらかわふじん》は思《おも》わず涙《なみだ》ぐんでしまったのでした。

❖骨肉《こつにく》の争《あらそ》い❖

信玄《しんげん》は子煩悩《こぼんのう》だったという話《はなし》を39ページのコラムでしましたが、父《ちち》・信虎《のぶとら》を追放《ついほう》したり、嫡男《ちゃくなん》の義信《よしのぶ》を自害《じがい》させたり――と非情《ひじょう》な面《めん》もありました。

義《ぎ》に厚《あつ》い上杉謙信《うえすぎけんしん》は、信玄《しんげん》のことが心底許《しんそこゆる》せなかったようで、「第五次川中島《だいじかわなかじま》の戦《たたか》い」（永禄《えいろく》7年《ねん》／1564年《ねん》）の前《まえ》に、「たけ田《だ》はるのふあくきゃうのこと（武田晴信悪行《たけだはるのぶあくぎょう》のこと）」という願文《がんもん》を奉納《ほうのう》し、その中《なか》で「あいつは父親《ちちおや》を追放《ついほう》した親不孝者《おやふこうもの》だ」と書《か》いています。つまり、信玄《しんげん》は悪《わる》いヤツだから私《わたし》に勝《か》たせてほしい、と言《い》ったわけです。そういう謙信《けんしん》も、兄《あに》と戦《たたか》って上杉家《うえすぎけ》の家督《かとく》を継《つ》いでいるのですが……。

こうした家族間《かぞくかん》の対立《たいりつ》は、当時《とうじ》は珍《めずら》しくありませんでした。織田信長《おだのぶなが》は弟《おとうと》を斬《き》っていますし、伊達晴宗《だてはるむね》（政宗《まさむね》の祖父《そふ》）も父《ちち》と戦《たたか》って、家督《かとく》を継《つ》ぐことに成功《せいこう》しています。

血《ち》のつながった家族《かぞく》を死《し》に追《お》いやったり、地位《ちい》から引《ひ》きずり下《お》ろしたり。しかし、これは当人《とうにん》同士《どうし》の憎《にく》しみだけでなく、その多《おお》くは家臣《かしん》たちの派閥争《はばつあらそ》いが絡《から》んでいました。トップに立《た》つ人間《にんげん》にとって外敵《がいてき》はもちろん内部崩壊《ないぶほうかい》を食《く》い止《と》めるのも、頭《あたま》の痛《いた》いことだったのです。

2 義信《よしのぶ》の死《し》と遠山姫《とおやまひめ》の死《し》——永禄《えいろく》10年《ねん》(1567年《ねん》)——

義信《よしのぶ》が廃嫡《はいちゃく》された翌月《よくげつ》——永禄《えいろく》8年《ねん》(1565年《ねん》)11月《がつ》13日《にち》。

信濃《しなの》の高遠城《たかとおじょう》にて、四男《なん》・勝頼《かつより》と織田信長《おだのぶなが》の養女《ようじょ》・遠山姫《とおやまひめ》の祝言《しゅうげん》が盛大《せいだい》に挙《あ》げられました。

この時代《じだい》は嫁《よめ》(または婿《むこ》)をもらうほうの家《いえ》で挙式《きょしき》を行《おこな》うのが通例《つうれい》で、勝頼《かつより》は信玄《しんげん》の息子《むすこ》ではありますが、すでに城持《しろも》ちですので、居城《きょじょう》・高遠城《たかとおじょう》で催《もよお》されたのです。

暗《くら》いことが続《つづ》いた武田家中《たけだかちゅう》は久《ひさ》しぶりに明《あか》るい雰囲気《ふんいき》に包《つつ》まれ、信玄《しんげん》もうれしそうに家臣《かしん》たちと酒《さけ》を酌《く》み交《か》わしています。

「なんと綺麗《きれい》な花嫁御寮《はなよめごりょう》だろう」

「いやあ、実《じつ》にめでたいですな!」

「勝頼様《かつよりさま》には、武田家《たけだけ》のために、ますます良《よ》いお働《はたら》きをしてもらわなければ」

若《わか》く初々《ういうい》しい夫婦《ふうふ》の誕生《たんじょう》に、皆《みな》、心弾《こころはず》んでいました。

華《はな》やかな祝宴《しゅくえん》の場《ば》には、残念《ざんねん》ながら勝頼《かつより》の母《はは》・諏訪御寮人《すわごりょうにん》はいません。彼女《かのじょ》は十年前《ねんまえ》に亡《な》くなっているのです。

そして、やはりというか、この場《ば》には三条《さんじょう》の方《かた》や春姫《はるひめ》の姿《すがた》はありませんでした。けれど、勝頼《かつより》の異母兄弟姉妹《いぼきょうだい》である次男《じなん》の信親夫妻《のぶちかふさい》、次女《じじょ》の清姫《きよひめ》とその夫《おっと》・穴山信君《あなやまのぶただ》、三女《じょ》の真理姫《まりひめ》とその夫《おっと》・木曾義昌《きそよしまさ》、五郎《ごろう》に六郎《ろくろう》、それに松《まつ》と菊《きく》、信玄《しんげん》と側室《そくしつ》・禰津御寮人《ねづごりょうにん》の間《あいだ》にできた七郎《しちろう》（のちの信清《のぶきよ》）が揃《そろ》って祝《いわ》いに駆《か》けつけたので、勝頼《かつより》はうれしそうです。

美《うつく》しい花嫁《はなよめ》をもらったことに加《くわ》え、血《ち》のつながった兄弟姉妹《きょうだい》たちがお祝《いわ》いに駆《か》けつけてくれたことに感激《かんげき》しているのでしょう。

「勝頼様《かつよりさま》の御母上《おははうえ》がいらしたら、どんなにお喜《よろこ》びになったことか……」

油川夫人《あぶらかわふじん》がつぶやき、袖《そで》でそっと涙《なみだ》を拭《ぬぐ》います。

「綺麗《きれい》だなあ……四郎兄様《しろうにいさま》、いいなあ」

「こら、六郎《ろくろう》、なに、ぽーっとしてるんだ。まぬけな顔《かお》をしてると、父上《ちちうえ》はおまえにはまぬけな顔《かお》の花嫁《はなよめ》を選《えら》ぶかもしれないぞ」

五郎《ごろう》がからかいますと、花嫁《はなよめ》に見《み》とれていた六郎《ろくろう》が「えーっ」と目《め》を丸《まる》くして、あわてて姿《し》勢《せい》を正《ただ》しました。

花嫁《はなよめ》に見《み》とれていたのは松《まつ》も同《おな》じで、「まぬけな顔《かお》の夫《おっと》に嫁《とつ》がされたらどうしよう」と思《おも》い、あわてて背筋《せすじ》を伸《の》ばします。

「ちゃんとしなくちゃ」

松《まつ》が両頰《りょうほほ》をぺちっと両手《りょうて》でやりますと、菊《きく》もわけがわからないながらも、同《おな》じようにぺちっと頰《ほほ》を押《お》さえました。そんなふたりの様子《ようす》に気《き》づいた遠山姫《とおやまひめ》が、「まあ、かわいらしい」と目《め》を細《ほそ》め、袖《そで》で口元《くちもと》を覆《おお》います。

その艶《あで》やかな笑《え》みに、松《まつ》はまたまた見《み》とれてしまいました。

「花嫁様《はなよめさま》……とっても綺麗《きれい》」

思《おも》わずつぶやいた松《まつ》に、母《はは》の油川夫人《あぶらかわふじん》が微笑《ほほえ》みながら話《はな》しかけます。

「いずれは松《まつ》も、お嫁《よめ》に行《い》くのよ」

「わたしがお嫁《よめ》に？」

「ええ、そなたが生《う》まれたとき、御館様《おやかたさま》はそれはそれは喜《よろこ》ばれて、松《まつ》には三国一《さんごくいち》の花婿《はなむこ》を見《み》つけてやらねば、とおっしゃっていたの。ですから、きっと素敵《すてき》な殿方《とのがた》を選《えら》んでくださるわ」

(わたしが花嫁様《はなよめさま》に……。わたしもあんなふうに綺麗《きれい》になれるのかしら)

白無垢《しろむく》を身《み》に纏《まと》い、綺麗《きれい》に化粧《けしょう》をした自分《じぶん》を想像《そうぞう》し、松《まつ》は期待《きたい》に胸《むね》をふくらませるのでした。

永禄《えいろく》9年《ねん》（1566年《ねん》）8月《がつ》、信玄《しんげん》は箕輪城《みのわじょう》攻《ぜ》めを行《おこな》い、これをついに落城《らくじょう》せしめ、西上野《にしこうずけ》の平定《へいてい》に成功《せいこう》。

この戦《いくさ》では、二十一歳《さい》の勝頼《かつより》が初陣《ういじん》を飾《かざ》り、立派《りっぱ》な若武者《わかむしゃ》ぶりを見《み》せてくれました。

（時《とき》は熟《じゅく》しつつある、か）

しかし、実《み》は熟《じゅく》しすぎれば腐《くさ》り落《お》ちます。

信玄《しんげん》は翌年《よくとし》の永禄《えいろく》10年《ねん》（1567年《ねん》）、家中《かちゅう》の者《もの》二百《ひゃく》三十《じゅう》七名《めい》に命《めい》じ、信玄《しんげん》に忠誠《ちゅうせい》を誓《ちか》わせる、六カ条《ろっかじょう》からなる起請文《きしょうもん》を提出《ていしゅつ》させました。

その二カ条目《にかじょうめ》には、こうありました。

――信玄様《しんげんさま》に逆心《ぎゃくしん》謀反《むほん》など相企《あいくわだ》つべからざるのこと。

そして、この起請文《きしょうもん》の最後《さいご》には、この誓《ちか》いを違《たが》えた者《もの》はありとあらゆる天罰《てんばつ》を受《う》け、無間地《むげんじ》獄《ごく》に苦《くる》しむこととなるであろう――と書《か》かれていました。

起請文《きしょうもん》を書《か》いた者《もの》は、これで誰《だれ》ひとり、信玄《しんげん》に逆《さか》らうことはできなくなったのです。

こうして、家中《かちゅう》の引《ひ》き締《し》めを行《おこな》い、将来的《しょうらいてき》な裏切《うらぎ》りの芽《め》を摘《つ》み取《と》ったのち、信玄《しんげん》はいよいよ心《こころ》を鬼《おに》にすることになりました。

二年前《ねんまえ》に東光寺《とうこうじ》に幽閉《ゆうへい》した義信《よしのぶ》を、成敗《せいばい》せねばならぬ日《ひ》がきたのです。

重大《じゅうだい》な決断《けつだん》を下《くだ》す前《まえ》に、信玄《しんげん》は三条《さんじょう》の方《かた》を呼《よ》びました。

「ついに、その日《ひ》が……」

三条《さんじょう》の方《かた》は我《わ》が子《こ》の運命《さだめ》を察《さっ》し、泣《な》き崩《くず》れました。

「せめて、武士《ぶし》らしく自《みずか》ら命《いのち》を絶《た》つよう、伝《つた》えるつもりじゃ」

信玄《しんげん》は声《こえ》を震《ふる》わせました。

(父上《ちちうえ》を追放《ついほう》したときも、そうだった……。なにも憎《にく》くてやるのではない。すべては武田《たけだ》のため、甲斐《かい》の民《たみ》を富《と》ませるためなのだ)

義信《よしのぶ》を成敗《せいばい》せねば、起請文《きしょうもん》を取《と》った家臣《かしん》たちに示《しめ》しがつきません。謀反《むほん》を起《お》こしたのに、例《れい》外的《がいてき》に命《いのち》を取《と》らぬとあっては、家中《かちゅう》の乱《みだ》れを引《ひ》き起《お》こしてしまいます。

そうして、10月《がつ》19日《にち》——。

義信《よしのぶ》は東光寺《とうこうじ》にて、自害《じがい》。

三十歳《さい》の短《みじか》い人生《じんせい》を終《お》えました。


義信《よしのぶ》の死《し》から、ひと月後《つきご》——。

11月《がつ》に、勝頼《かつより》の正室《せいしつ》・遠山姫《とおやまひめ》が男子《だんし》を産《う》みました。

待望《たいぼう》の後継《あとつ》ぎの誕生《たんじょう》です。

信玄《しんげん》はことのほか喜《よろこ》び、孫《まご》を抱《だ》きました。

(よかった、これで武田《たけだ》は安泰《あんたい》じゃ)

信玄《しんげん》には五郎《ごろう》、六郎《ろくろう》に加《くわ》え、先頃《さきごろ》、先祖《せんぞ》の菩提《ぼだい》を弔《とむら》うため寺《てら》に入《い》れた七郎《しちろう》がいますが、家督《かとく》継承《けいしょう》はいずれ武田《たけだ》を背負《せお》って立《た》つ勝頼《かつより》の息子《むすこ》であるべきだからです。

「勝頼《かつより》、そちは孝行者《こうこうもの》よ。わしがつらいときに、いつもわしが喜《よろこ》ぶことをしてくれる」

義信《よしのぶ》を幽閉《ゆうへい》し廃嫡《はいちゃく》したのち、勝頼《かつより》は結婚《けっこん》しました。

そして、今回《こんかい》も義信《よしのぶ》が自害《じがい》してすぐに後継《あとつ》ぎが生《う》まれたのです。

(もしかしたら、この子《こ》は義信《よしのぶ》の生《う》まれ変《か》わりかもしれぬな)

そう思《おも》うと、義信《よしのぶ》をつらい目《め》に遭《あ》わせてしまった分《ぶん》、この子《こ》を後継《あとつ》ぎとして立派《りっぱ》に育《そだ》てねば、
と信玄《しんげん》は思《おも》ったのですが……。

不幸《ふこう》がまたもや、武田家《たけだけ》を襲《おそ》いました。

産後《さんご》の肥立《ひだ》ちが悪《わる》く、まもなく遠山姫《とおやまひめ》が亡《な》くなってしまったのです。

❖塩止《しおど》めは効果《こうか》がなかった？❖

塩《しお》は人間《にんげん》が生《い》きていく上《うえ》で、なくてはならないもの。

妹婿《いもうとむこ》である義信《よしのぶ》の廃嫡《はいちゃく》に怒《おこ》った今川氏真《いまがわうじざね》は、永禄《えいろく》10年《ねん》（1567年《ねん》）8月《がつ》、甲斐《かい》への「塩止《しおど》め」を実施《じっし》しました。塩《しお》の売買《ばいばい》を禁《きん》じ、信玄《しんげん》に制裁《せいさい》を加《くわ》えようとしたのです。これには、同《おな》じく「甲相駿三国同盟《こうそうすんさんごくどうめい》」を結《むす》んでいる北条氏政《ほうじょううじまさ》も呼応《こおう》して実施《じっし》したため、甲斐《かい》の人々《ひとびと》は大変苦《たいへんくる》しんだと言《い》われています。

が、実際《じっさい》のところは商人《しょうにん》たちが闇《やみ》ルートを使《つか》って甲斐《かい》へ塩《しお》を流《なが》したり、越後《えちご》の上杉謙信《うえすぎけんしん》が塩《しお》の売買《ばいばい》を禁《きん》じなかったおかげで日本海側《にほんかいがわ》から甲斐《かい》へ塩《しお》が入《はい》ったため、あまり効果《こうか》はなかったようです。

しかし、このことから「上杉謙信《うえすぎけんしん》が宿敵《しゅくてき》である武田信玄《たけだしんげん》に塩《しお》を送《おく》って助《たす》けた」という話《はなし》ができ、「敵《てき》に塩《しお》を送《おく》る」という言葉《ことば》が生《う》まれました。これは「たとえ敵《てき》であっても弱《よわ》みに付《つ》け込《こ》まず、困《こま》っていれば援助《えんじょ》をする」という意味《いみ》です。

このような美談《びだん》が生《う》まれたのは、氏真《うじざね》にとってはちょっと皮肉《ひにく》な話《はなし》だったかもしれません。

佳《か》月《げつ》の章《しょう》

1 松姫《まつひめ》、婚約《こんやく》する——永禄《えいろく》10年《ねん》（1567年《ねん》）——

「遠山姫様《とおやまひめさま》がお亡《な》くなりに……？」

その報《しら》せに松《まつ》たち兄弟姉妹《きょうだい》も驚《おどろ》き、躑躅《つつじ》ヶ崎館《がさきやかた》は悲《かな》しみに包《つつ》まれました。

みんな、勝頼《かつより》と遠山姫《とおやまひめ》とふたりの間《あいだ》に生《う》まれた赤《あか》ん坊《ぼう》——武王丸《たけおうまる》の顔《かお》を見《み》られる日《ひ》を楽《たの》しみにしていたのですが、もう遠山姫《とおやまひめ》には永遠《えいえん》に逢《あ》えないのです。

「あんなに綺麗《きれい》な花嫁様《はなよめさま》だったのに」

「四郎兄様《しろうにいさま》、さぞ、おつらいでしょうね……」

遠山姫《とおやまひめ》が亡《な》くなったことは、武田《たけだ》に深《ふか》い悲《かな》しみをもたらしましたが、一方《いっぽう》、美濃《みの》の岐阜城《ぎふじょう》にいる養父《ようふ》・織田信長《おだのぶなが》にも別《べつ》の衝撃《しょうげき》が走《はし》っていました。

「勝頼《かつより》に嫁《とつ》いだ姫《ひめ》が亡《な》くなっただと？」

その年《とし》の夏《なつ》に念願《ねんがん》の美濃攻略《みのこうりゃく》を成《な》した信長《のぶなが》にとって、それは重大《じゅうだい》な出来事《できごと》でした。

〝天下布武《てんかふぶ》〟を掲《かか》げ、上洛《じょうらく》を目指《めざ》す上《うえ》で、甲斐《かい》・信濃《しなの》を統《す》べる武田《たけだ》は脅威《きょうい》です。それゆえ、背後《はいご》の憂《うれ》いを断《た》っておくべく、遠山姫《とおやまひめ》を嫁《とつ》がせ、同盟《どうめい》を結《むす》んだのですが……。

（今《いま》、武田《たけだ》との縁《えん》が切《き》れるのは、まずい）

勝頼《かつより》と遠山姫《とおやまひめ》の間《あいだ》に生《う》まれた子《こ》は信長《のぶなが》にとって孫《まご》にあたりますが、遠山姫《とおやまひめ》は養女《ようじょ》。実《じつ》の姪《めい》ではあるものの、血《ち》のつながりは薄《うす》く……。

武王丸《たけおうまる》の存在《そんざい》だけでは同盟《どうめい》の維持《いじ》は難《むずか》しいと思《おも》った信長《のぶなが》は、ほかに手《て》はないか考《かんが》えました。

「そういえば……武田《たけだ》には確《たし》か、姫《ひめ》がまだふたりいたな」

そうつぶやいた信長《のぶなが》の頭《あたま》に、ひらめきが走《はし》りました。

信玄《しんげん》の五女《じょ》・松姫《まつひめ》は今《いま》、七歳《さい》。その妹《いもうと》の菊姫《きくひめ》は五歳《さい》です。

「では、松姫《まつひめ》を奇妙丸《きみょうまる》の嫁《よめ》にもらおう」

信長《のぶなが》はさっそく使者《ししゃ》を立《た》て、甲斐《かい》へと走《はし》らせました。

「松《まつ》を嫁《よめ》に？」

織田《おだ》からの縁談《えんだん》に、信玄《しんげん》はうなりました。

信長《のぶなが》の嫡男《ちゃくなん》・奇妙丸《きみょうまる》は今《いま》、十一歳《じゅういっさい》。年齢的《ねんれいてき》な釣《つ》り合《あ》いも取《と》れています。

（遠山姫《とおやまひめ》が亡《な》くなって間《ま》もないというのに……。養女《ようじょ》の死《し》からひと月《つき》も経《た》たないうちに、このような話《はなし》を持《も》ってくるとは。それだけ、信長《のぶなが》は焦《あせ》っているということか）

けれど、これは悪《わる》い話《はなし》ではありません。信長《のぶなが》の嫡男《ちゃくなん》・奇妙丸《きみょうまる》に嫁《とつ》ぐとなれば、松《まつ》は将来《しょうらい》、織《お》田《だ》の当主《とうしゅ》の妻《つま》の座《ざ》を約束《やくそく》されたということです。

（将来的《しょうらいてき》には、松《まつ》が産《う》んだ男子《だんし》が織田《おだ》を継《つ》ぐというわけか）

そうなれば、武田《たけだ》と織田《おだ》の同盟《どうめい》はいよいよ固《かた》いものとなります。

しかし、情勢《じょうせい》は変《か》わりやすいもの。

上杉《うえすぎ》との最大《さいだい》の激戦《げきせん》となった「第四次川中島《だいじかわなかじま》の戦《たたか》い」の最中《さなか》に生《う》まれたゆえか、松《まつ》をことのほかかわいがっていた信玄《しんげん》は、すぐに手放《てばな》す気《き》にはなれません。

そこで、「松《まつ》はまだ七《なな》つ。ふさわしい年齢《ねんれい》になってから嫁《とつ》がせたい」と織田《おだ》に伝《つた》え、手元《てもと》で花嫁修業《はなよめしゅぎょう》をさせることにしたのです。

信玄《しんげん》の意向《いこう》を了承《りょうしょう》した信長《のぶなが》は、さっそく結納《ゆいのう》の手配《てはい》をしました。

（甲斐《かい》の虎《とら》は、娘《むすめ》がよほどかわいいと見《み》える。では、その気持《きも》ちにこちらも応《こた》えよう）

たくさんの品物《しなもの》を用意《ようい》させている間《あいだ》に、信長《のぶなが》は奇妙丸《きみょうまる》を呼《よ》びました。

「そちの婚約《こんやく》が決《き》まったことは前《まえ》に伝《つた》えたな？　しかし、花嫁《はなよめ》が来《く》るのはだいぶ先《さき》だ。松姫《まつひめ》がさびしくならないように、手紙《てがみ》をこまめに書《か》き、やりとりするといい」

「手紙《てがみ》を、ですか？」

会《あ》ったこともない相手《あいて》になにを書《か》けばいいのかとまどっている様子《ようす》の息子《むすこ》に、信長《のぶなが》は言《い》いました。

「天気《てんき》の話《はなし》でも、食《た》べ物《もの》の話《はなし》でもなんでもいい。ただし、政《まつりごと》に関《かん》することだけは書《か》くな。女《おんな》にとっては、そのような話《はなし》は退屈《たいくつ》だからな」

信長《のぶなが》は笑《わら》いましたが、目《め》が笑《わら》っていませんでした。

奇妙丸《きみょうまる》はその意図《いと》を察《さっ》し、「はい」とうなずきました。同盟《どうめい》を結《むす》ぶとはいえ、武田《たけだ》はまだ油《ゆ》断《だん》ならない相手《あいて》だということをわかっているのです。

けれど、それとは別《べつ》に、

（私《わたし》の嫁《よめ》かあ。いったい、どんな方《かた》なのだろう）

そう思《おも》うと頰《ほほ》が熱《あつ》くなり、急《きゅう》に恥《は》ずかしくなりましたが、部屋《へや》に戻《もど》った奇妙丸《きみょうまる》は、さっそく墨《すみ》をすり、考《かんが》え始《はじ》めました。

（ええと……）

しかし、墨《すみ》をすり終《お》わり、筆《ふで》を手《て》にしても、なにを書《か》いたらいいのか、ちっとも思《おも》い浮《う》かびません。

（ええと……なんだろう？　あ、そうだ！）

松殿《まつどの》はなにが好《す》きですか？　好《す》きな食《た》べ物《もの》はなんですか？　好《す》きな色《いろ》は？　好《す》きな花《はな》は？　好《す》きな季節《きせつ》は？　好《す》きな

（――って、これじゃあ訊《き》いてばかりじゃないか！）

書《か》きかけの紙《かみ》を裏返《うらがえ》し、奇妙丸《きみょうまる》はうんうんうなりました。

（いきなり書《か》かずに、まずは下書《したが》きをしよう。ええと……松姫《まつひめ》は確《たし》か、永禄《えいろく》4年《ねん》生《う》まれだから、妹《いもうと》の徳《とく》よりふたつ下《した》か）

その徳姫《とくひめ》はこの年《とし》の5月《がつ》、わずか九歳《さい》で三河《みかわ》の徳川家康《とくがわいえやす》の嫡男《ちゃくなん》・信康《のぶやす》のもとに嫁《とつ》いでいます。

(徳《とく》は星《ほし》を見《み》るのが好《す》きだったなあ……)

今《いま》は離《はな》れて暮《く》らす妹《いもうと》のことを思《おも》うと少《すこ》しさみしくなりましたが、奇《き》妙丸《みょうまる》はふたたび筆《ふで》を執《と》りました。

が——。

「……——」

(ええと……ええと……ん〜〜)

「……んんんっ」

(ああもうだめだ！ なにを書《か》いていいか、さっぱりわからぬ！)

奇妙丸《きみょうまる》は筆《ふで》を置《お》き、部屋《へや》を出《で》ました。

(こういうときは誰《だれ》かに聞《き》けばいい。うん、そうだ、そうしよう)

廊下《ろうか》を歩《ある》いていると、さっそく家臣《かしん》の木下藤吉郎秀吉《きのしたとうきちろうひでよし》と行《い》き会《あ》いました。秀吉《ひでよし》は「墨俣一夜城《すのまたいちやじょう》」と呼《よ》ばれた奇策《きさく》で美濃攻略《みのこうりゃく》に大《おお》いに貢献《こうけん》した人物《じんぶつ》で、信長《のぶなが》が「猿《さる》」と呼《よ》んでかわいがる一方《いっぽう》で、その能力《のうりょく》をとても買《か》っています。

(秀吉《ひでよし》は優秀《ゆうしゅう》だし、美人《びじん》で賢《かしこ》い妻《つま》もいるし、うってつけだ！)

と思《おも》った矢先《やさき》、

「おや、若様《わかさま》。変《へん》な顔《かお》をしてどうしたのです？」

「むっ、変《へん》な顔《かお》だと？　猿《さる》には言《い》われたくないな」

「拙者《せっしゃ》は確《たし》かに猿《さる》ですが〜って、いえいえ、そういうことではなく。歯《は》でも痛《いた》いのですか？

この猿《さる》が糸《いと》で縛《しば》って引《ひ》っこ抜《ぬ》いて差《さ》し上《あ》げましょう」

「歯《は》など痛《いた》くない！　もういい！　おまえには頼《たの》まぬ！」

奇妙丸《きみょうまる》がぷりぷり怒《おこ》りながら行《い》ってしまうと、秀吉《ひでよし》は「はて？」と首《くび》を傾《かし》げました。

「そもそも、なにも頼《たの》まれておりませぬが。若様《わかさま》は、いったいなにを頼《たの》むつもりだったのじゃろう」

そんな秀吉《ひでよし》を振《ふ》り向《む》くことはせず、奇妙丸《きみょうまる》は難《むずか》しい顔《かお》をしたまま、ずんずん廊下《ろうか》を歩《ある》いていきます。

しかし、家臣《かしん》の誰《だれ》かとすれ違《ちが》っても、

「ひとつ聞《き》きたいことがあるのだが……」

「はっ、若様《わかさま》、なんなりと」

と、かしこまられると、

(女子《おなご》宛《あ》ての手紙《てがみ》には、なにを書《か》けばいいのだ？)

などと、恥《は》ずかしくて訊《き》けません。

(手紙《てがみ》とは、このように難《むずか》しいものなのか……)

こうなったらもう天気《てんき》の話《はなし》でお茶《ちゃ》を濁《にご》すしかないか、などと考《かんが》えていますと、信長《のぶなが》の正室《せいしつ》で奇妙丸《きみょうまる》の養母《ようぼ》である濃姫《のうひめ》とばったり会《あ》いました。

「奇妙丸《きみょうまる》、どうしたの？　なにか悩《なや》みでもあるのですか？」

濃《のう》の顔《かお》を見《み》たとたん、奇妙丸《きみょうまる》はハッとなりました。

(義母上《ははうえ》は女子《おなご》！　女子《おなご》のことは女子《おなご》に訊《き》けばよいと昔《むかし》から言《い》うではないか！)

いつ誰《だれ》がそんなことを言《い》ったのかはさておき、

「義母上《ははうえ》……実《じつ》は」

と奇妙丸《きみょうまる》が顔《かお》を真《ま》っ赤《か》にしながら打《う》ち明《あ》けると、濃《のう》は思《おも》わず笑《え》みをこぼしました。

「ふふふ、それは大変《たいへん》ですね」

「義母上《ははうえ》、笑《わら》い事《ごと》ではありません！　ただでさえ、私《わたし》は名前《なまえ》が変《へん》なので、変《か》わり者《もの》だと思《おも》われているのではないかと……」

「未来《みらい》の花嫁様《はなよめさま》には、少《すこ》しでもいいふうに思《おも》われたいですものね。そうですね……奇妙丸《きみょうまる》は松《まつ》姫様《ひめさま》が嫁《とつ》いでいらしたら、なにをして差《さ》し上《あ》げたいですか？」

「ええと……。岐阜城《ぎふじょう》の天守《てんしゅ》から広大《こうだい》な景色《けしき》を見《み》せてあげたり……とか？」

「ほかには？」

「んーと……あっ！　甲斐《かい》には海《うみ》がないと聞《き》きましたので、尾張《おわり》にお連《つ》れして、海《うみ》を見《み》せてあげたいです！」

瞳《ひとみ》を輝《かがや》かせる奇妙丸《きみょうまる》に、濃姫《のうひめ》は微笑《ほほえ》んでうなずきました。

「それは素敵《すてき》な考《かんが》えですね。でしたら、奇妙丸《きみょうまる》の気持《きも》ちを、そのまま書《か》けばいいと思《おも》いますよ」

「……はい！　わかりました。ありがとうございます、義母上《ははうえ》」

悩《なや》みが解決《かいけつ》した奇妙丸《きみょうまる》は急《いそ》いで部屋《へや》に戻《もど》り、筆《ふで》を執《と》りました。


永禄《えいろく》10年《ねん》（1567年《ねん》）11月《がつ》21日《にち》。

奇妙丸《きみょうまる》と正式《せいしき》に婚約《こんやく》の成《な》った松《まつ》のために、躑躅《つつじ》ケ《が》崎館《さきやかた》で盛大《せいだい》に祝宴《しゅくえん》が行《おこな》われました。

虎《とら》や豹《ひょう》の皮《かわ》、武具《ぶぐ》、着物《きもの》、反物《たんもの》、酒《さけ》や肴《さかな》……など、織田《おだ》からは結納《ゆいのう》の品《しな》が、山《やま》のように届《とど》いています。

それは今《いま》の織田《おだ》の権勢《けんせい》を表《あらわ》しているのも同然《どうぜん》でした。

「信長《のぶなが》め、相当気《そうとうき》を遣《つか》ったようじゃな」

かつて、信玄《しんげん》が北条《ほうじょう》と今川《いまがわ》と「甲相駿三国同盟《こうそうすんさんごくどうめい》」を結《むす》んだ際《さい》、北条《ほうじょう》に長女《ちょうじょ》の梅姫《うめひめ》を嫁《とつ》がせたのですが、信玄《しんげん》はそのとき一万人《まんにん》もの供《とも》をつけ、きらびやかな花嫁行列《はなよめぎょうれつ》を仕立《した》てました。

信玄《しんげん》が梅姫《うめひめ》を溺愛《できあい》していたというのもありますが、これはもちろん、武田《たけだ》の権勢《けんせい》を誇示《こじ》するためでもあったのです。信長《のぶなが》は当然《とうぜん》、この話《はなし》を意識《いしき》したはずです。

しかし、大人《おとな》たちの思惑《おもわく》とは別《べつ》に、贈《おく》り物《もの》を前《まえ》にした松《まつ》は素直《すなお》に瞳《ひとみ》を輝《かがや》かせていました。

綺麗《きれい》な櫛《くし》に、美《うつく》しい着物《きもの》に反物《たんもの》、毬《まり》にお菓子《かし》に――部屋《へや》いっぱいに置《お》かれた品物《しなもの》の数々《かずかず》は、まるで宝物《たからもの》の山《やま》です。

「姫様《ひめさま》、こちらをごらんくださいまし」

乳母《うば》がそう言《い》って広《ひろ》げたのは、ひとりの少年《しょうねん》の絵姿《えすがた》でした。

「これが奇妙丸様《きみょうまるさま》……」

その絵姿《えすがた》を見《み》るなり、松《まつ》は目《め》を丸《まる》くしました。

その名《な》の通《とお》り、奇妙《きみょう》な顔立《かおだ》ちなのかと思《おも》っていたのに、全然違《ぜんぜんちが》っていたからです。

奇妙丸《きみょうまる》は松《まつ》より四歳上《さいうえ》の十一歳《さい》。

美男《びなん》と名高《なだか》い織田信長《おだのぶなが》の血《ち》を引《ひ》いているとあって、涼《すず》しげな目元《めもと》に鼻筋《はなすじ》の通《とお》った凛々《りり》しい顔立《かおだ》ちをしていました。

「まあ、立派《りっぱ》なお顔立《かおだ》ち」

「この方《かた》が松姫様《まつひめさま》の未来《みらい》の夫《おっと》……」

「きっと素敵《すてき》な若武者《わかむしゃ》におなりになりますわ」

「将来《しょうらい》が楽《たの》しみですね」

侍女《じじょ》たちも絵姿《えすがた》を見《み》て、はしゃいだ声《こえ》を上《あ》げます。

松《まつ》は顔《かお》を真《ま》っ赤《か》にし、次《つぎ》に奇妙丸《きみょうまる》からだという手紙《てがみ》を手《て》に取《と》りました。

（まあ……）

読《よ》み進《すす》めていくうちに、松《まつ》は思《おも》わず顔《かお》がほころんでしまいました。

生《う》まれたときに奇妙《きみょう》な顔《かお》をしていたからという理由《りゆう》で、父《ちち》がこの名前《なまえ》をつけたのです。父《ちち》はこのような戯《たわむ》れが好《す》きなようで、側室《そくしつ》には鍋《なべ》という名《な》の人《ひと》や、茶筅《ちゃせん》という名《な》の子《こ》どももいたりします。早《はや》く元服《げんぷく》して、立派《りっぱ》な名《な》をいただきたいものです。

　奇妙丸《きみょうまる》の困《こま》ったような顔《かお》が思《おも》い浮《う》かび、松《まつ》はまだ会《あ》ったこともない婚約者《こんやくしゃ》にすぐに親《した》しみを覚《おぼ》えました。

（実際《じっさい》にお目《め》にかかったら、どんなお顔《かお》をするのかしら……）

　甲斐《かい》には海《うみ》がないと聞《き》きました。尾張《おわり》にいらしたら、私《わたし》が松殿《まつどの》を真《ま》っ先《さき》に海《うみ》を見《み》に連《つ》れて行《い》ってさしあげます。その代《か》わり、私《わたし》が甲斐《かい》に行《い》ったときは富士《ふじ》の山《やま》を見《み》に連《つ》れて行《い》ってください。日本一《ひのもといち》の山《やま》をふたりで一緒《いっしょ》に眺《なが》めたら、きっと楽《たの》しいでしょうね。松殿《まつどの》にお目《め》にかかれる日《ひ》を心待《こころま》ちにしております。

　文面《ぶんめん》から、奇妙丸《きみょうまる》が一生懸命《いっしょうけんめい》考《かんが》えて、一文字一文字《ひともじひともじ》丁寧《ていねい》に筆《ふで》を運《はこ》んだ様子《ようす》がうかがえます。

（きっと、真面目《まじめ》な方《かた》なのだわ。お会《あ》いできるのは、いつの日《ひ》かしら……）

　手紙《てがみ》を読《よ》み終《お》えて、胸《むね》がいっぱいになっていると、横《よこ》から菊《きく》がのぞきこんできました。

「お目《め》にかかれる日《ひ》を心待《こころま》ちにしています……ですって！　姉上《あねうえ》、婚礼《こんれい》の日《ひ》が楽《たの》しみですね」

「やだ、菊《きく》ったら……お式《しき》はずっと先《さき》よ」

松《まつ》は頬《ほほ》を染《そ》めて、恥《は》ずかしそうにうつむきました。

先《さき》ほど見《み》た奇妙丸《きみょうまる》の絵姿《えすがた》を思《おも》い浮《う》かべると、耳《みみ》まで赤《あか》くなります。

(わたし、あの方《かた》の妻《つま》になるのね)

婚礼《こんれい》の儀《ぎ》といえば、勝頼《かつより》と遠山姫《とおやまひめ》の祝宴《しゅくえん》が記憶《きおく》に残《のこ》っています。

「遠山姫様《とおやまひめさま》、とてもお美《うつく》しかった……。わたしもあんなふうに綺麗《きれい》になりたいな」

松《まつ》が言《い》いますと、侍女《じじょ》たちは少《すこ》し暗《くら》い顔《かお》になりました。

その遠山姫《とおやまひめ》が亡《な》くなったために武田《たけだ》と織田《おだ》が新《あら》たに同盟《どうめい》を結《むす》ぶ運《はこ》びとなり、松《まつ》と奇妙丸《きみょうまる》の婚《こん》約《やく》が成《な》ったのですが、当《とう》の松《まつ》は幼《おさな》すぎてまだその意味《いみ》がわかっていないのです。

「いいなあ、姉上《あねうえ》。わたしも早《はや》くお嫁様《よめさま》になりたい！」

そこへ母《はは》の油川夫人《あぶらかわふじん》がやってきて、ふたりの姫《ひめ》のそばに座《すわ》りました。

「菊《きく》にもきっと、父上《ちちうえ》が素敵《すてき》な殿方《とのがた》を見《み》つけてくださるわ」

油川夫人《あぶらかわふじん》は菊《きく》の頭《あたま》をやさしく撫《な》でると、松《まつ》を見《み》ました。

「今日《きょう》からあなたは一人前《いちにんまえ》のひとりの女《おんな》です。奇妙丸様《きみょうまるさま》のお役《やく》に立《た》てるよう、これまで以上《いじょう》にいろいろとお励《はげ》みなさい」

「はい、母上《ははうえ》！」

元気《げんき》よく返事《へんじ》をした娘《むすめ》の様子《ようす》に、油川夫人《あぶらかわふじん》は微笑《ほほえ》みを浮《う》かべました。

（遠山姫様《とおやまひめさま》のことは、とても残念《ざんねん》だけれど……。松《まつ》のお相手《あいて》は織田家《おだけ》の嫡男《ちゃくなん》。松《まつ》には本当《ほんとう》に良《よ》いご縁《えん》を結《むす》んでいただきました。御館様《おやかたさま》に感謝《かんしゃ》しなくては）

その後《ご》、「織田家《おだけ》の正室《せいしつ》を預《あず》かる」ということで、松《まつ》は躑躅ヶ崎館《つつじがさきやかた》の敷地内《しきちない》に新《あたら》しく建《た》てた館《やかた》に住《す》むことになり、新館御料人《にいだてごりょうにん》とも呼《よ》ばれるようになりました。

❖結納《ゆいのう》の品《しな》❖

信長《のぶなが》は信玄《しんげん》に対《たい》し、非常《ひじょう》に慎重《しんちょう》でした。永禄《えいろく》8年《ねん》（1565年《ねん》）に遠山姫《とおやまひめ》を勝頼《かつより》へ嫁《とつ》がせたのちも、正月《しょうがつ》、3月《がつ》、5月《がつ》、8月《がつ》、9月《がつ》、12月《がつ》には必《かなら》ず使者《ししゃ》を寄《よ》こし、ご機嫌《きげん》を取《と》っていたそうです。贈《おく》り物《もの》も、酒樽《さかだる》、肴《さかな》、巻《ま》き物《もの》、袷《あわせ》、帷子《かたびら》、反物《たんもの》、小袖《こそで》など。紅染《べにぞ》めの緒《お》を締《し》めた武田菱《たけだびし》の蒔《まき》絵《え》を入《い》れた箱《はこ》ひとつひとつに、小袖《こそで》をひと重《かさ》ねずつ入《い》れたり、と信玄《しんげん》のお気《き》に召《め》すよう、工夫《くふう》を凝《こ》らしたとか。

永禄《えいろく》10年《ねん》（1567年《ねん》）の松姫《まつひめ》の婚約《こんやく》の際《さい》も、織田《おだ》から武田《たけだ》へ婚約《こんやく》を祝《しゅく》して贈《おく》られた品《しな》は、信《しん》玄《げん》に対《たい》し「虎《とら》の皮《かわ》三枚《まい》、豹《ひょう》の皮《かわ》五枚《まい》、緞子《どんす》百巻《ひゃっかん》、金銀《きんぎん》をちりばめた金具《かなぐ》の鞍鐙十口《くらあぶみじゅっくち》」、松姫《まつひめ》に対《たい》し「厚板《あついた》（生糸《きいと》を横《よこ》にして練糸《ねりいと》を縦《たて》にして織《お》った絹織物《きぬおりもの》）百反《ひゃくたん》、薄板《うすいた》（薄手《うすで》の唐織物《からおりもの》）百反《ひゃくたん》、緯白《ぬきしろ》（紫《むらさき》の経糸《たていと》と白《しろ》の横糸《よこいと》で織《お》ったもの）百反《ひゃくたん》、銭千貫《ぜにせんかん》、けかけの帯上《おびうえ》・中《なか》・下百筋《したひゃくすじ》」など、豪華《ごうか》なものでした。

ちなみに、武田《たけだ》からの結納返《ゆいのうがえ》しは翌年《よくとし》の永禄《えいろく》11年《ねん》（1568年《ねん》）6月頃《がつごろ》、秋山信友《あきやまのぶとも》を使者《ししゃ》に立《た》て、越後有明《えちごありあけ》の蠟燭《ろうそく》三千張《ぜんちょう》、漆千桶《うるしせんおけ》、熊《くま》の皮千枚《かわせんまい》、馬《うま》十一頭《とう》などを贈《おく》ったそうです。

2 信玄《しんげん》、駿河《するが》へ侵攻《しんこう》す――永禄《えいろく》11年《ねん》（1568年《ねん》）――

永禄《えいろく》11年《ねん》（1568年《ねん》）1月《がつ》。

松《まつ》はどこかくすぐったい気持《きも》ちで、正月《しょうがつ》を迎《むか》えました。

（年《とし》が明《あ》けて、わたしは八《やっ》つを数《かぞ》えたわ。父上《ちちうえ》は大《おお》きくなってからって、おっしゃっていたけれど。いつお嫁《よめ》に行《い》くのかしら？）

いつの時代《じだい》も女《おんな》の子《こ》は花嫁《はなよめ》にあこがれるものです。松《まつ》も例外《れいがい》ではありません。

そして、正月《しょうがつ》を少《すこ》し過《す》ぎた頃《ころ》、婚約者《こんやくしゃ》の奇妙丸《きみょうまる》から文《ふみ》が届《とど》きました。

松殿《まつどの》、新年《しんねん》おめでとうございます。今年《ことし》は岐阜《ぎふ》で迎《むか》える初《はじ》めての正月《しょうがつ》です。稲葉山《いなばやま》にある岐《ぎ》阜城《ふじょう》の天守《てんしゅ》から、以前《いぜん》住《す》んでいた小牧山城《こまきやまじょう》が見《み》えます。冬《ふゆ》は空気《くうき》が澄《す》んでいるので、見晴《みは》らしがとてもいいですよ。甲斐《かい》も見《み》えるといいのですが、残念《ざんねん》ながら山々《やまやま》が邪魔《じゃま》で見《み》えません。見《み》えたら、お互《たが》い手《て》を振《ふ》り合《あ》えるのになあ。

私《わたし》たちの婚約《こんやく》の際《さい》、織田《おだ》から使者《ししゃ》に立《た》った掃部助忠寛《かもんのすけただひろ》が、松殿《まつどの》はたいへんかわいらしい姫《ひめ》だと言《い》っていました。結婚《けっこん》は私《わたし》たちが大《おお》きくなってからということですが、一日《いちにち》も早《はや》くお目《め》にかかりたいものです。


奇妙丸様《きみょうまるさま》、新年《しんねん》おめでとうございます。婚約《こんやく》の際《さい》、掃部助殿《かもんのすけどの》にはお世話《せわ》になりました。かわいらしいと言《い》っていただき、とても恥《は》ずかしいです。こうしてお手紙《てがみ》を書《か》いているうちに顔《かお》が真《ま》っ赤《か》になったようで耳《みみ》まで熱《あつ》いです。本当《ほんとう》に恥《は》ずかしい。

冬《ふゆ》は寒《さむ》くて正直《しょうじき》好《す》きじゃありませんが、冬景色《ふゆげしき》は好《す》きです。雪化粧《ゆきげしょう》した山《やま》は冬《ふゆ》しか見《み》られませんもの。あ、頂《いただき》にいつも雪《ゆき》をかぶっている富士《ふじ》の山《やま》だけは別《べつ》です。早《はや》く奇妙丸様《きみょうまるさま》にお会《あ》いして、富士《ふじ》を見《み》せて差《さ》し上《あ》げたいです。


（お手紙《てがみ》を書《か》くのって難《むずか》しいわね……）

松《まつ》はさっそく奇妙丸《きみょうまる》への手紙《てがみ》を書《か》き、何度《なんど》も読《よ》み返《かえ》しました。

（字《じ》は間違《まちが》ってないかしら？　これで大丈夫《だいじょうぶ》かしら？　奇妙丸様《きみょうまるさま》はわたしより四歳上《さいうえ》……五郎《ごろう》

兄様《にいさま》と同《おな》い年《どし》よね。このままだと子《こ》どもっぽいと思《おも》われるかしら？）

紙《かみ》に穴《あな》があくほど眺《なが》めていますと、障子《しょうじ》の開《ひら》く音《おと》がして、部屋《へや》の中《なか》に入《はい》ってきた菊《きく》がさっと手紙《てがみ》を奪《うば》い取《と》りました。

「姉上《あねうえ》、奇妙丸様《きみょうまるさま》からのお手紙《てがみ》ですか!?　……って、あら？　これは姉上《あねうえ》が書《か》いたお返事《へんじ》？」

「菊《きく》、返《かえ》してちょうだい！」

松《まつ》は顔《かお》をさらに真《ま》っ赤《か》にしながら手《て》を伸《の》ばしましたが、部屋《へや》の中《なか》を歩《ある》き回《まわ》る菊《きく》に、ひらりひらりとかわされ、

「えーと、なになに……ふむふむ、ふーん」

結局《けっきょく》、最後《さいご》まで読《よ》まれてしまいました。

「もうっ、菊《きく》ったら！」

「綺麗《きれい》になりましたね、姉上《あねうえ》」

「えっ、なにが？」

かわいらしいと言《い》っていただき、という文《ぶん》があるので、それで菊《きく》が松《まつ》の容姿《ようし》をほめたのかと思《おも》い、またまた松《まつ》は顔《かお》を赤《あか》くしたのですが、

「字《じ》ですよ。前《まえ》からお上手《じょうず》でしたけど、さらに綺麗《きれい》になりましたね。やっぱり、好《す》いたお方《かた》が

いると違《ちが》うのかしら」

「もうっ、菊《きく》ったら、からかわないで！」

松《まつ》は手《て》を伸《の》ばし、手紙《てがみ》を奪《うば》い返《かえ》しましたが、その勢《いきお》いで紙《かみ》にしわが寄《よ》ってしまいました。

「あ……」

「ごめんなさい、姉上《あねうえ》。わたしのせいで、せっかく書《か》いたお手紙《てがみ》が……」

この時代《じだい》、紙《かみ》は貴重《きちょう》です。それもあり、さっきまでの悪戯《いたずら》っぽい顔《かお》から一転《いってん》して、しゅんとなった菊《きく》に、松《まつ》が姉《あね》らしく「ううん、いいのよ」と首《くび》を振《ふ》りました。

「手紙《てがみ》なら、また書《か》けばいいわ。それに、なにか書《か》き足《た》りないような気《き》がしていたの。だから、ちょうどよかった。さ、書《か》き損《そん》じないようにしなきゃいけないから、ひとりにして」

気《き》にしないでというように微笑《ほほえ》むと、菊《きく》は素直《すなお》に部屋《へや》から出《で》て行《い》きました。

障子《しょうじ》の開《あ》け閉《し》めの際《さい》、冬《ふゆ》の冷気《れいき》が入《はい》ってきて、松《まつ》は少《すこ》し身震《みぶる》いしました。庭《にわ》には雪《ゆき》が積《つ》もり、白《しろ》く輝《かがや》いています。

松《まつ》はまた筆《ふで》を執《と》り、字《じ》を間違《まちが》えないように気《き》をつけながら先《さき》ほどと同《おな》じ文面《ぶんめん》を書《か》き、少《すこ》し考《かんが》えてから、次《つぎ》のように書《か》き足《た》しました。

そういえば、雪《ゆき》は敵《てき》よりも手《て》ごわい、と前《まえ》に誰《だれ》かが言《い》っていました。雪《ゆき》おろしをするときは、皆《みな》、大変《たいへん》そうです。美濃《みの》は甲斐《かい》より寒《さむ》いのでしょうか、それともあたたかいのでしょうか。火鉢《ばち》に当《あ》たって、よくあたたまってくださいね。

「ふー……手紙《てがみ》って本当《ほんとう》に難《むずか》しいわ」

でも、誰《だれ》かを想《おも》って書《か》くことは、とても楽《たの》しく――。

松《まつ》は小《ちい》さなしあわせに浸《ひた》りながら、手紙《てがみ》を丁寧《ていねい》に折《お》り始《はじ》めました。

翌《よく》2月《がつ》、信玄《しんげん》は「今川攻《いまがわぜ》め」に向《む》け、徳川家康《とくがわいえやす》と密《ひそ》かに通《つう》じました。

甲斐《かい》は山国《やまぐに》で海《うみ》がないため、信玄《しんげん》は駿河《するが》の海運《かいうん》を、家康《いえやす》は隣国《りんごく》・遠江《とおとうみ》を得《え》ることによって勢《せい》力《りょく》の拡大《かくだい》を狙《ねら》っており、それぞれの利害《りがい》が一致《いっち》したのです。

そして、その年《とし》の12月《がつ》6日《か》、信玄《しんげん》は満《まん》を持《じ》して出陣《しゅつじん》。富士川《ふじがわ》沿《ぞ》いを一気《いっき》に南下《なんか》して、駿河攻《するがぜ》めを開始《かいし》しました。

12月《がつ》12日《にち》には、家康《いえやす》との間《あいだ》で「大井川《おおいがわ》を境《さかい》に駿河《するが》を武田《たけだ》が、遠江《とおとうみ》は徳川《とくがわ》が獲《と》る」という取《と》り決《き》めをし、13日《にち》には今川《いまがわ》の本拠《ほんきょ》・駿府《すんぷ》の今川館《いまがわやかた》を占拠《せんきょ》。

今川氏真《いまがわうじざね》は掛川城《かけがわじょう》へ逃《のが》れたものの、翌永禄《よくえいろく》12年《ねん》（１５６９年《ねん》）、そこを家康《いえやす》に攻《せ》められ、妻《つま》・安姫《やすひめ》の実家《じっか》である相模《さがみ》の北条《ほうじょう》を頼《たよ》り、東《ひがし》へと落《お》ちて行《い》き……。

ここに戦国大名《せんごくだいみょう》として栄華《えいが》を誇《ほこ》った今川家《いまがわけ》は滅亡《めつぼう》しました。

娘《むすめ》が徒跣《かちはだし》で逃《に》げるはめになったことに怒《いか》りを募《つの》らせた北条氏康《ほうじょううじやす》は、嫡男《ちゃくなん》・氏政《うじまさ》と信玄《しんげん》の長《ちょう》女《じょ》・梅姫《うめひめ》を離縁《りえん》させ、姫《ひめ》を甲斐《かい》に送《おく》り返《かえ》してきました。

それからしばらくして……。

五郎《ごろう》、六郎《ろくろう》、松《まつ》、菊《きく》の兄弟姉妹《きょうだい》は、梅姫《うめひめ》にあいさつに上《あ》がることになりました。

血《ち》のつながった兄弟姉妹《きょうだい》ではありますが、四人《よにん》が生《う》まれる前《まえ》――天文《てんぶん》23年《ねん》（１５５４年《ねん》）12月《がつ》に梅姫《うめひめ》が北条《ほうじょう》に嫁《とつ》いだので、顔《かお》を合《あ》わせるのは初《はじ》めてなのです。

「はじめまして、姉上様《あねうえさま》。五郎《ごろう》にございます」

「六郎《ろくろう》です」

「松《まつ》です！」

「菊《きく》です！」

四人《よにん》が元気《げんき》よくあいさつしますと、

「まあ、弟《おとうと》や妹《いもうと》がこんなにたくさん。みんな、目元《めもと》や耳《みみ》のかたちなど、どことなく父上《ちちうえ》に似《に》ていますね」

と梅姫《うめひめ》は微笑《ほほえ》みました。

「五郎殿《ごろうどの》は、仁科家《にしなけ》の名跡《みょうせき》を継《つ》いでいるのでしたね。松《まつ》はもう、婚約《こんやく》しているとか。あなたもいずれは、甲斐《かい》を離《はな》れて他国《たこく》へ嫁《とつ》ぐのね……」

話《はな》しているうちに梅姫《うめひめ》はだんだん沈《しず》んだ顔《かお》になり、袖《そで》でそっと目元《めもと》を押《お》さえました。そして、そのまま顔《かお》を覆《おお》い、肩《かた》を震《ふる》わせ――。

松《まつ》たち四人《よにん》が北条《ほうじょう》に残《のこ》してきた子《こ》どもたちと年《とし》が近《ちか》いので、せつなくなったのでしょう。

娘《むすめ》の心中《しんちゅう》を察《さっ》した三条《さんじょう》の方《かた》が、油川夫人《あぶらかわふじん》を見《み》ました。

「今日《きょう》のところはもう……」

「……はい。さ、行《い》きますよ」

油川夫人《あぶらかわふじん》に促《うなが》され、松《まつ》たちは頭《あたま》を下《さ》げ、静《しず》かに部屋《へや》を出《で》ました。

（梅姫様《うめひめさま》、とてもおつらそうだった……）

4月《がつ》28日《にち》に、信玄《しんげん》はようやく駿河《するが》から甲斐《かい》へ戻《もど》ってきましたが、その頃《ころ》には、梅姫《うめひめ》の身体《からだ》はだいぶ衰弱《すいじゃく》しており、起《お》き上《あ》がるのもままならない状態《じょうたい》で――。

それから、約《やく》二か月後《げつご》の6月《がつ》17日《にち》、梅姫《うめひめ》は悲《かな》しみのうちにこの世《よ》を去《さ》りました。

まだ二十七歳《さい》の若《わか》さでした。


一方《いっぽう》、信長《のぶなが》は永禄《えいろく》11年《ねん》（１５６８年《ねん》）9月《がつ》、足利義昭《あしかがよしあき》を奉《ほう》じて上洛《じょうらく》し、翌《よく》10月《がつ》18日《にち》、義昭《よしあき》を室町幕府《むろまちばくふ》第《だい》十五代将軍《だいしょうぐん》に就任《しゅうにん》させることに成功《せいこう》しました。

足利義昭《あしかがよしあき》は、永禄《えいろく》8年《ねん》（１５６５年《ねん》）に起《お》きた「永禄《えいろく》の変《へん》」で暗殺《あんさつ》された第《だい》十三代将軍《だいしょうぐん》・足利義輝《あしかがよしてる》の弟《おとうと》です。信長《のぶなが》は正室《せいしつ》・濃姫《のうひめ》の従兄《いとこ》、明智光秀《あけちみつひで》の仲介《ちゅうかい》で義昭《よしあき》を保護《ほご》し、上洛《じょうらく》する大義名分《たいぎめいぶん》を得《え》たのです。

（父上《ちちうえ》はそのうち天下《てんか》を取《と》るおつもりだ）

ということは、まだ若《わか》い奇妙丸《きみょうまる》にもわかっていました。

（父上《ちちうえ》が武家《ぶけ》の頂点《ちょうてん》に立《た》つ！）

そう思《おも》うと、身体《からだ》の内《うち》から血《ち》が沸《わ》き立《た》つような感《かん》じに襲《おそ》われます。

（早《はや》く元服《げんぷく》して、父上《ちちうえ》のお役《やく》に立《た》ちたい！）

奇妙丸《きみょうまる》にとって、父《ちち》・信長《のぶなが》の背中《せなか》はとても大《おお》きく、いずれは追《お》いつきたい、憧《あこが》れの対象《たいしょう》です。

けれど、奇妙丸《きみょうまる》の熱《あつ》い瞳《ひとみ》が、悲《かな》しみの涙《なみだ》で濡《ぬ》れる日《ひ》がきました。

元亀元年《げんきがんねん》（１５７０年《ねん》）、織田《おだ》と北近江《きたおうみ》の浅井《あざい》との同盟《どうめい》が破綻《はたん》したのです。

信長《のぶなが》の妹《いもうと》・お市《いち》の夫《おっと》である浅井長政《あざいながまさ》が、織田《おだ》と敵対《てきたい》する越前《えちぜん》の朝倉義景《あさくらよしかげ》についたため、敵《てき》となったからでした。

同盟《どうめい》が破綻《はたん》するに及《およ》び、信長《のぶなが》はお市《いち》に戻《もど》ってくるよう文《ふみ》を出《だ》しましたが、お市《いち》はそれを拒否《きょひ》してきました。一度《いちど》嫁《とつ》いだからには、実《じつ》の兄《あに》といえど敵《てき》となるのは仕方《しかた》がない、ということでしょう。

（しかし、叔母上《おばうえ》を攻《せ》めるなど……）

お市《いち》は奇妙丸《きみょうまる》にとって大切《たいせつ》な叔母《おば》でした。母《はは》・吉乃《きつの》を亡《な》くしてからというもの、養母《ようぼ》となった濃姫《のうひめ》とともにお市《いち》は奇妙丸《きみょうまる》のことをとても気《き》にかけてくれていたのです。

6月《がつ》28日《にち》、織田《おだ》・徳川連合軍《とくがわれんごうぐん》は「姉川《あねがわ》の戦《たたか》い」にて、浅井《あざい》・朝倉連合軍《あさくられんごうぐん》を破《やぶ》りました。戦《たたか》いはすさまじく、姉川《あねがわ》は命《いのち》を落《お》とした兵《へい》たちの血《ち》で真《ま》っ赤《か》に染《そ》まったといいます。

(天下布武《てんかふぶ》のためには、非情《ひじょう》にならねばならぬときがある。それはわかってはいるが……)

心《こころ》やさしい奇妙丸《きみょうまる》はふと、もし徳川《とくがわ》が裏切《うらぎ》り、自分《じぶん》が妹《いもうと》・徳姫《とくひめ》のいる城《しろ》を攻《せ》めることになったらどうするだろう、と思《おも》いました。

(その場合《ばあい》、私《わたし》はなんとしても妹《いもうと》を救《すく》い出《だ》そうとするだろう)

そう考《かんが》えると、父《ちち》の胸《むね》の痛《いた》みもわかるような気《き》がして――。

奇妙丸《きみょうまる》は複雑《ふくざつ》な気持《きも》ちで、ため息《いき》をつくのでした。

❖信長《のぶなが》はピンチだった？❖

元亀元年《げんきがんねん》（1570年《ねん》）といえば、その後《ご》、十年《ねん》にわたる石山本願寺《いしやまほんがんじ》との戦《たたか》いが始《はじ》まった年《とし》でもあります。

「姉川《あねがわ》の戦《たたか》い」は十三段構《だんかま》えた陣《じん》のうち、十一段目《だんめ》まで突破《とっぱ》されるという大苦戦《だいくせん》で、徳川《とくがわ》が朝倉《あさくら》軍《ぐん》の側面《そくめん》を突《つ》いたことで形勢《けいせい》が逆転《ぎゃくてん》し、信長《のぶなが》は九時間《くじかん》に及《およ》んだ激戦《げきせん》を制《せい》しました。

しかし、これで浅井《あざい》を滅《ほろ》ぼすには至《いた》らず、その後《ご》、信長《のぶなが》は「三好三人衆《みよしさんにんしゅう》」と戦《たたか》い、三好三人衆《みよしさんにんしゅう》と連動《れんどう》して挙兵《きょへい》した石山本願寺《いしやまほんがんじ》の顕如《けんにょ》との戦《たたか》いへと突入《とつにゅう》。浅井《あざい》・朝倉連合軍《あさくられんごうぐん》も近江《おうみ》の比叡山《ひえいざん》に陣《じん》を置《お》いて京《きょう》に迫《せま》り、伊勢《いせ》では願証寺《がんしょうじ》を中心《ちゅうしん》に「伊勢長島一向一揆《いせながしまいっこういっき》」が起《お》き、弟《おとうと》・信興《のぶおき》を殺《ころ》されました。信長《のぶなが》は浅井《あざい》・朝倉《あさくら》とのにらみ合《あ》いで近江《おうみ》を動《うご》けず、救援《きゅうえん》に行《い》けなかったのです。つまり、弟《おとうと》を見捨《みす》てなければならないほど、信長《のぶなが》には余裕《よゆう》がなかったと言《い》えます。

実《じつ》は、石山本願寺《いしやまほんがんじ》の顕如《けんにょ》の妻《つま》は、信玄《しんげん》の継室《けいしつ》・三条《さんじょう》の方《かた》の妹《いもうと》。顕如《けんにょ》と信玄《しんげん》は義兄弟《ぎきょうだい》の間柄《あいだがら》でもあり、この関係《かんけい》も影響《えいきょう》して、織田《おだ》と武田《たけだ》の同盟《どうめい》には暗《くら》い影《かげ》が差《さ》していくのです。

戦国姫《せんごくひめ》

―松姫《まつひめ》の物語《ものがたり》―

雨夜《あまよ》の章《しょう》

1 母《はは》・油川夫人《あぶらかわふじん》の死《し》——元亀《げんき》2年《ねん》（1571年《ねん》）——

元亀元年《げんきがんねん》（1570年《ねん》）7月《がつ》28日《にち》、長男《ちょうなん》の義信《よしのぶ》や長女《ちょうじょ》の梅姫《うめひめ》を亡《な》くした心労《しんろう》によるものか、三条《さんじょう》の方《かた》が病《やまい》のため亡《な》くなりました。

公家出身《くげしゅっしん》の三条《さんじょう》の方《かた》は、恵林寺《えりんじ》の快川和尚《かいせんおしょう》が、「春《はる》の日《ひ》のように和《なご》やかな人《ひと》だった」と葬儀《そうぎ》で述《の》べたように、誰《だれ》にでもあたたかいやさしさを示《しめ》す人《ひと》でしたので、松《まつ》も菊《きく》も悲《かな》しくてたまりませんでした。

しかし、戦国《せんごく》の世《よ》を生《い》きる信玄《しんげん》は戦《たたか》いに明《あ》け暮《く》れる日々《ひび》を送《おく》り……。

明《あ》けて、元亀《げんき》2年《ねん》（1571年《ねん》）、今度《こんど》は側室《そくしつ》の油川夫人《あぶらかわふじん》が病《やまい》に倒《たお》れました。

松《まつ》や菊《きく》は母《はは》のそばで看病《かんびょう》したかったのですが、「幼《おさな》い姫《ひめ》たちに病《やまい》が感染《うつ》っては大変《たいへん》」と言《い》われて枕元《まくらもと》に寄《よ》ることは叶《かな》わず、障子越《しょうじご》しに声《こえ》をかけたり、ふすまを開《あ》けた隣《となり》の部屋《へや》から見舞《みま》いをするという、なんとももどかしい思《おも》いを味《あじ》わいました。

梅雨《つゆ》で鬱々《うつうつ》とした日《ひ》が続《つづ》くせいか、油川夫人《あぶらかわふじん》は次第《しだい》に眠《ねむ》る時間《じかん》が長《なが》くなり……。

ある雨《あめ》の夜《よる》、油川夫人《あぶらかわふじん》は、ふっ、と目《め》を覚《さ》ましました。

「母上《ははうえ》っ」

母《はは》が心配《しんぱい》で隣《となり》の部屋《へや》にいた松《まつ》が思《おも》わず身《み》を乗《の》り出《だ》しますと、油川夫人《あぶらかわふじん》は、「ああ、雨《あめ》……」

とつぶやいてから、

「笛吹川《ふえふきがわ》のせせらぎが聞《き》こえたような気《き》がしたの……」

と言《い》いました。

油川夫人《あぶらかわふじん》は笛吹川河畔《ふえふきがわかはん》の東油川《ひがしあぶらかわ》の出《で》です。

子《こ》どもの頃《ころ》から慣《な》れ親《した》しんだ川《かわ》の音《ね》が、たまらなくなつかしいのでしょう。

「昔《むかし》、よく川《かわ》に遊《あそ》びに行《い》きましたね。母上《ははうえ》、また連《つ》れて行《い》ってください」

元気《げんき》を出《だ》してほしくて、松《まつ》が明《あか》るい声《こえ》で言《い》いますと、

「……ええ、そうね」

弱々《よわよわ》しく笑《わら》ったあと、油川夫人《あぶらかわふじん》は願《ねが》いをひとつ口《くち》にしました。

「松《まつ》、琴《こと》を弾《ひ》いてくれないかしら？」

「ええ、母上《ははうえ》、少《すこ》し待《ま》っていてくださいね」

松《まつ》はさっそく琴《こと》を運《はこ》ばせ、病《やまい》の母《はは》の耳《みみ》にやさしく届《とど》くよう、そっと弾《ひ》きはじめました。

雨《あめ》の音《おと》と琴《こと》の音《ね》が合《あ》わさり、しっとりした雰囲気《ふんいき》が部屋《へや》に漂《ただよ》います。

「ずいぶん、上達《じょうたつ》しましたね」

「はい、花嫁修業《はなよめしゅぎょう》の一環《いっかん》ですから」

「松《まつ》……あなたの花嫁姿《はなよめすがた》、見《み》たかったわ。さぞ綺麗《きれい》でしょうねえ」

遠《とお》い目《め》をする母《はは》に、松《まつ》がたまらず涙声《なみだごえ》になります。

「母上《ははうえ》、そんなこと言《い》わないでください……！」

「そんなに悲《かな》しまないで……。親《おや》は子《こ》より先《さき》に逝《い》くもの……。人《ひと》が人《ひと》として悲《かな》しみを味《あじ》わうのは、仕方《しかた》のないことなのよ……」

それから、数日後《すうじつご》――。

「松《まつ》、菊《きく》……ふたりとも仲良《なかよ》くね」

松《まつ》や菊《きく》に看取《みと》られて、油川夫人《あぶらかわふじん》は静《しず》かに息《いき》を引《ひ》き取《と》りました。

油川夫人《あぶらかわふじん》が亡《な》くなってから、しばらくして――。

岐阜《ぎふ》の奇妙丸《きみょうまる》から、お悔《く》やみの手紙《てがみ》や品《しな》が届《とど》きました。

松殿《まつどの》、母上様《ははうえさま》がお亡《な》くなりになり、さぞかし気落《きお》ちしていることと思《おも》います。慈《いつく》しみ育《そだ》ててくれた母《はは》がいなくなる悲《かな》しみは、私《わたし》にもわかります。

そういえば、私《わたし》の母《はは》も父《ちち》の側室《そくしつ》でした。そういう意味《いみ》では、私《わたし》と松殿《まつどの》の境遇《きょうぐう》は似《に》ていますね。

私《わたし》たちは将来《しょうらい》、夫婦《めおと》となります。つらいこと、悲《かな》しいこと……私《わたし》にはなんでも話《はな》してください。離《はな》れていても、私《わたし》の心《こころ》は常《つね》に松殿《まつどの》のそばにあります。

(奇妙丸様《きみょうまるさま》……なんとおやさしい)

奇妙丸《きみょうまる》のやさしさが胸《むね》に沁《し》みていき——。

「……ううっ、母上《ははうえ》……母上《ははうえ》……っ」

松《まつ》は手紙《てがみ》を抱《だ》きしめて、声《こえ》を上《あ》げて泣《な》きました。菊《きく》の手前《てまえ》、松《まつ》はこれまであまり泣《な》かないようにしていたのです。

(こんなときに思《おも》うのは不謹慎《ふきんしん》かもしれないけれど……。奇妙丸様《きみょうまるさま》がわたしの夫《おっと》になる人《ひと》で、本当《ほんとう》によかった。亡《な》くなった母上《ははうえ》も、きっとそう思《おも》っていらっしゃるわね)

母《はは》を亡《な》くした悲《かな》しみは、未来《みらい》の夫《おっと》を想《おも》うことで自然《しぜん》に癒《い》やされていったのです。

❖油川夫人《あぶらかわふじん》と信玄《しんげん》の恋物語《こいものがたり》❖

松姫《まつひめ》の生母《せいぼ》・油川夫人《あぶらかわふじん》。彼女《かのじょ》は天文《てんぶん》22年《ねん》（1553年《ねん》）頃《ごろ》、信玄《しんげん》の側室《そくしつ》になったといわれています。このとき、まだ晴信《はるのぶ》という名《な》だった信玄《しんげん》は三十三歳《さい》。早朝《そうちょう》の早駆《はやが》けで府中《ふちゅう》の町《まち》を一回《ひとまわ》りするのを日課《にっか》としていました。

2月《がつ》のある朝《あさ》、いつもより遠出《とおで》した信玄《しんげん》はのどの渇《かわ》きを覚《おぼ》え、とある屋敷《やしき》の前《まえ》で馬《うま》を下《お》り、井戸《いど》はないかと庭《にわ》に入《はい》ったところ、竹《たけ》ぼうきを手《て》に庭《にわ》を掃《は》いていた娘《むすめ》に遭遇《そうぐう》。水《みず》を一杯所望《いっぱいしょもう》すると、その娘《むすめ》は大《おお》きな碗《わん》に水《みず》を汲《く》み、小梅《こうめ》をひとつ小皿《こざら》に載《の》せて一緒《いっしょ》に出《だ》しました。それから毎朝《まいあさ》、信玄《しんげん》は屋敷《やしき》を訪《たず》ね、水《みず》を飲《の》んで小梅《こうめ》を食《た》べ……。

そして、この年《とし》の4月《がつ》、「第一次川中島《だいいちじかわなかじま》の戦《たたか》い」が勃発《ぼっぱつ》。信玄《しんげん》はこの娘《むすめ》から贈《おく》られた小梅《こうめ》の壺《つぼ》を戦場《せんじょう》に持《も》っていき、城《しろ》や砦《とりで》を落《お》とすたびにひとつずつ食《た》べたそうです。

この娘《むすめ》はやがて信玄《しんげん》の側室《そくしつ》となり、油川夫人《あぶらかわふじん》と呼《よ》ばれるようになりました。信玄《しんげん》は油川夫人《あぶらかわふじん》を気《き》に入《い》っていたようで、仁科五郎盛信《にしなごろうもりのぶ》、葛山六郎信貞《かづらやまろくろうのぶさだ》、松姫《まつひめ》、菊姫《きくひめ》の四人《よにん》の子《こ》どもに恵《めぐ》まれました。

2 三方ヶ原《みかたがはら》の戦《たたか》いと婚約破棄《こんやくはき》——元亀《げんき》3年《ねん》（1572年《ねん》）——

松殿《まつどの》、聞《き》いてくださいい。この奇妙丸《きみょうまる》、晴《は》れて元服《げんぷく》し、新《あたら》しく信忠《のぶただ》という名《な》をいただきました。父上《ちちうえ》がやっと私《わたし》を一人前《いちにんまえ》だと認《みと》めてくださったのです。感無量《かんむりょう》です。けれど、私《わたし》はまだまだ若輩者《じゃくはいもの》。いつか父上《ちちうえ》に追《お》いつけるよう、これからも武芸《ぶげい》に励《はげ》みます。では、これからさっそく弓《ゆみ》の稽古《けいこ》をしてまいります。

信忠様《のぶただきま》、このたびはおめでとうございます。一段《いちだん》とご立派《りっぱ》になられたのでしょうね。また絵姿《えすがた》をいただけたらうれしく思《おも》いますが、お願《ねが》いするのはやめておきます。信忠様《のぶただきま》がどのような大人《おとな》になられたのか、わたしのお嫁入《よめい》りまで楽《たの》しみにとっておきたいのです。では、わたしもこれから長刀《なぎなた》のお稽古《けいこ》をしてまいります。信忠様《のぶただきま》の正室《せいしつ》の座《ざ》に恥《は》じぬよう、がんばりますね。

松殿《まつどの》、金平糖《こんぺいとう》を知《し》っていますか？　以前《いぜん》、宣教師《せんきょうし》が父上《ちちうえ》に献上《けんじょう》した南蛮《なんばん》の菓子《かし》です。小《ちい》さくて丸《まる》い、甘《あま》い菓子《かし》ですよ。きっと松殿《まつどの》もお好《す》きだと思《おも》います。

丸《まる》いと言《い》えば、昨夜《さくや》は見事《みごと》な満月《まんげつ》でした。松殿《まつどの》もご覧《らん》になったでしょうか。同《おな》じ月《つき》を眺《なが》めていたら、大変《たいへん》うれしく思《おも》います。

信忠様《のぶただざま》、その日《ひ》の月《つき》は本当《ほんとう》に美《うつく》しかったですね。池《いけ》に映《うつ》る月《つき》も綺麗《きれい》で、時《とき》を忘《わす》れてしばらく眺《なが》めていました。わたしたちは違《ちが》うところにおりますから、周《まわ》りの景色《けしき》は当然違《とうぜんちが》いますが、月《つき》は同《おな》じですね。これからは、毎夜《まいよ》、月《つき》を見上《みあ》げてあなた様《さま》を想《おも》うことにします。

松殿《まつどの》、それでは私《わたし》も毎夜《まいよ》、月《つき》を見上《みあ》げてあなたを想《おも》うことにします。おかげで毎夜《まいよ》、月《つき》を見《み》る癖《くせ》がつきました。昨夜《さくや》は細《ほそ》い三日月《みかづき》でした。月《つき》はおもしろいですね。毎日《まいにち》、いろんな顔《かお》をしています。いつか、ふたりで肩《かた》を並《なら》べて見上《みあ》げたいものです。

このように、松《まつ》は母《はは》を亡《な》くした悲《かな》しみを乗《の》り越《こ》え、婚約者《こんやくしゃ》の信忠《のぶただ》と手紙《てがみ》のやりとりを通《つう》じて情《じょう》を深《ふか》めていましたが、父《ちち》の信玄《しんげん》は政治的《せいじてき》に難《むずか》しい局面《きょくめん》に立《た》っていました。

元亀《げんき》3年《ねん》（1572年《ねん》）5月《がつ》、将軍《しょうぐん》・足利義昭《あしかがよしあき》から、

「天下静謐《てんかせいひつ》のために信長《のぶなが》を討《う》て」

と信玄《しんげん》に書状《しょじょう》が届《とど》いたのです。これは信玄《しんげん》だけでなく、各国《かっこく》の武将《ぶしょう》たちのもとにも発《はっ》せられたものでした。

信長《のぶなが》は義昭《よしあき》を援護《えんご》し、永禄《えいろく》11年《ねん》（1568年《ねん》）の10月《がつ》に室町幕府《むろまちばくふ》第《だい》十五代将軍《だいしょうぐん》に据《す》えることに成功《せいこう》しましたが、その後《ご》、だんだんと義昭《よしあき》を侮《あなど》るようになっていたのです。上洛《じょうらく》するための大義名分《たいぎめいぶん》として必要《ひつよう》だった義昭《よしあき》など、もう用済《ようず》みなのでしょう。

（義昭公《よしあきこう》は傀儡《かいらい》に過《す》ぎぬか。しかし、腐《くさ》っても将軍《しょうぐん》。わしも利用《りよう》させてもらおう）

信玄《しんげん》が上洛《じょうらく》するにあたり、まず邪魔《じゃま》なのは徳川家康《とくがわいえやす》です。信長《のぶなが》を討《う》つ前《まえ》に、背後《はいご》の憂《うれ》いを断《た》つ必要《ひつよう》があります。

のちに「信長包囲網《のぶながほういもう》」と呼《よ》ばれることになる義昭《よしあき》による信長封《のぶながふう》じ込《こ》め作戦《さくせん》は、越前《えちぜん》の朝倉義《あさくらよし》景《かげ》、北近江《きたおうみ》の浅井長政《あざいながまさ》なども呼応《こおう》し、信長《のぶなが》の周辺《しゅうへん》は敵《てき》だらけという状態《じょうたい》になりました。

これは「天下布武《てんかふぶ》」を目指《めざ》す信長《のぶなが》にとっては、当然《とうぜん》、邪魔《じゃま》な流《なが》れです。

信玄《しんげん》が家康《いえやす》を攻《せ》めると知《し》った信長《のぶなが》は、信玄《しんげん》に宛《あ》てて「家康《いえやす》に粗相《そそう》があったのなら、私《わたし》のほうから言《い》って聞《き》かせます」と言《い》ってきましたが、信玄《しんげん》は取《と》り合《あ》いませんでした。

(信長《のぶなが》はよほど、わしが怖《こわ》いと見《み》える)

そうして、信玄《しんげん》は10月1日《がつついたち》を出陣《しゅつじん》と定《さだ》め、準備《じゅんび》を進《すす》めたのですが――その直前《ちょくぜん》、病《やまい》に倒《たお》れてしまいました。

「父上《ちちうえ》！　大丈夫《だいじょうぶ》ですか？」

松《まつ》が心配《しんぱい》して様子《ようす》を見《み》に行《い》くと、信玄《しんげん》は床《とこ》から起《お》き上《あ》がり、「大事《だいじ》ない」と笑《わら》ってみせました。

「少々調子《しょうしょうちょうし》を崩《くず》しただけだ」

「でも……顔色《かおいろ》が悪《わる》いですよ？」

身体《からだ》が冷《ひ》えないようにと、松《まつ》はそばにあった着物《きもの》を信玄《しんげん》の肩《かた》にかけ、背中《せなか》をさすります。

「心配《しんぱい》かけて、すまぬな」

信玄《しんげん》はそう言《い》って、本当《ほんとう》に申《もう》し訳《わけ》なさそうに松《まつ》を見《み》ました。

「父上《ちちうえ》？」

ほかになにか気《き》がかりなことでもあるのかと、松《まつ》は見《み》つめ返《かえ》しましたが、信玄《しんげん》は「いや」と首《くび》を振《ふ》りました。

「わしも年《とし》を取《と》ったということか、と思《おも》うてな。多少《たしょう》の病《やまい》など戦場《いくさば》に出《で》れば吹《ふ》き飛《と》ぶ」

そう言《い》って笑《わら》った顔《かお》は、いつもの頼《たの》もしい信玄《しんげん》に戻《もど》っていました。

「松《まつ》、勝頼《かつより》を呼《よ》んでくれるか。さっそく軍議《ぐんぎ》を開《ひら》きたいのでな」

「はい。四郎兄様《しろうにいさま》ですね」

松《まつ》は兄《あに》の勝頼《かつより》を呼《よ》びに、急《いそ》いで部屋《へや》を出《で》て行《い》きました。

娘《むすめ》の気配《けはい》が遠《とお》ざかると、信玄《しんげん》は重《おも》い息《いき》をつきました。

（家康《いえやす》の次《つぎ》は信長《のぶなが》だ。京《きょう》に武田《たけだ》の旗《はた》を立《た》てる日《ひ》まで、わしは倒《たお》れるわけにはいかぬ）

病《やまい》に侵《おか》された身体《からだ》を必死《ひっし》に奮《ふる》い立《た》たせた信玄《しんげん》は、病《やまい》ではなく別《べつ》のことで胸《むね》が痛《いた》み、唇《くちびる》を噛《か》みました。

（松《まつ》には悪《わる》いが、織田《おだ》との同盟《どうめい》はこれで仕舞《しま》いじゃ……）

一瞬《いっしゅん》、脳裏《のうり》に亡《な》き梅姫《うめひめ》のことがよぎりましたが、信玄《しんげん》は心《こころ》を鬼《おに》にしました。娘《むすめ》はかわいいですが、政《まつりごと》とは別《べつ》です。武田家《たけだけ》の当主《とうしゅ》として、甲斐《かい》・信濃《しなの》の守護《しゅご》として、民《たみ》を富《と》ませ、守《まも》る責任《せきにん》が、信玄《しんげん》にはあるのです。

(嫁《とつ》ぐ前《まえ》であったことを幸《さいわ》いと思《おも》うしかない。許《ゆる》せ、松《まつ》)

二日後《ふつかご》、体調《たいちょう》の戻《もど》った信玄《しんげん》は、いよいよ大軍《たいぐん》を率《ひき》いて甲斐《かい》を発《た》つことになりました。

武田家《たけだけ》に代々伝《だいだいつた》わる家宝《かほう》——源氏《げんじ》の日章旗《にっしょうき》と、武田家《たけだけ》の祖《そ》・源義光《みなもとのよしみつ》の甲冑《かっちゅう》を前《まえ》に、信玄《しんげん》は力強《ちからづよ》く言《い》いました。

「御旗《みはた》、盾無《たてなし》、御照覧《ごしょうらん》あれ！」

「はは——っ」

居並《いなら》ぶ家臣《かしん》たちは一斉《いっせい》に深《ふか》く頭《あたま》を下《さ》げました。

そうして、士気《しき》を高《たか》めた武田軍《たけだぐん》は意気揚々《いきようよう》と躑躅ヶ崎館《つつじがさきやかた》を出発《しゅっぱつ》。

信玄《しんげん》は息子《むすこ》の勝頼《かつより》、弟《おとうと》の信廉《のぶかど》、穴山信君《あなやまのぶただ》、小山田信茂《おやまだのぶしげ》、馬場信春《ばばのぶはる》、真田昌幸《さなだまさゆき》、山県昌景《やまがたまさかげ》ら、勇猛《ゆうもう》な家臣《かしん》たちをはじめ、二万五千《まんせん》の大軍《たいぐん》を率《ひき》いています。

「父上《ちちうえ》、ご武運《ぶうん》を！」

「無事《ぶじ》のお帰《かえ》りをお待《ま》ちしております」

長《なが》く長《なが》く続《つづ》く軍列《ぐんれつ》を高台《たかだい》から見送《みおく》って、松《まつ》は菊《きく》とともに手《て》を合《あ》わせて祈《いの》りましたが――。

（どうして、こんなに気《き》が重《おも》いのかしら。父上《ちちうえ》は病《やまい》も癒《い》えて、無事《ぶじ》に出陣《しゅつじん》なさったというのに）

胸《むね》の奥《おく》でさざ波《なみ》のように立《た》つ不安《ふあん》を菊《きく》に悟《さと》られないよう、松《まつ》は踵《きびす》を返《かえ》し、館《やかた》の中《なか》へと戻《もど》ったのでした。

武田軍《たけだぐん》は二万《まん》五千《せん》の大軍《たいぐん》を三《みっ》つに分《わ》け、三方《さんぽう》から徳川《とくがわ》を攻撃《こうげき》。支城《しじょう》を次々《つぎつぎ》と落《お》とし、徳川《とくがわ》を追《お》い詰《つ》めていきました。

そして、いよいよ12月《がつ》22日《にち》、家康《いえやす》の本拠地《ほんきょち》・浜松《はままつ》へ南下《なんか》を開始《かいし》。

この日《ひ》、昼前《ひるまえ》に浜松城《はままつじょう》に迫《せま》った信玄《しんげん》は、

「家康《いえやす》は籠城《ろうじょう》の構《かま》えか。まあ、当然《とうぜん》であろう」

城《しろ》を囲《かこ》まず、進路《しんろ》を北西《ほくせい》に取《と》りました。敵《てき》の大将《たいしょう》を目《め》の前《まえ》にして素通《すどお》りしたのです。

そうして、細《ほそ》い坂《さか》に差《さ》し掛《か》かったとき、わざと大軍《たいぐん》の歩《あゆ》みをのろくし、上《のぼ》り切《き》ったところに広《ひろ》がる台地《だいち》――三方《みかた》ヶ原《がはら》にて、

「ただちに魚鱗《ぎょりん》の陣《じん》を取《と》れ！」

とすぐさま軍《ぐん》を展開《てんかい》しました。

魚鱗《ぎょりん》の陣《じん》とは、文字《もじ》通《どお》り魚《さかな》の鱗《うろこ》に似《に》た陣形《じんけい》で、中心部《ちゅうしんぶ》に大将《たいしょう》を置《お》き、兵《へい》たちが硬《かた》い鱗《うろこ》のごとく一丸《いちがん》となって敵《てき》を迎《むか》え撃《う》つのです。

ドドドッ……！

「武田軍《たけだぐん》を逃《に》がすな！」

勢《いきお》い込《こ》んで坂《さか》を上《のぼ》ってきた徳川軍《とくがわぐん》を待《ま》ち構《かま》えていた信玄《しんげん》は、悠然《ゆうぜん》と軍配《ぐんばい》を振《ふ》りました。

「かかれ――っ！」

「おおーっ」

(さすが御館様《おやかたさま》だ！)

武田軍《たけだぐん》の武将《ぶしょう》や兵《へい》たちは、この瞬間《しゅんかん》、誰《だれ》もが勝利《しょうり》を確信《かくしん》しました。

信玄《しんげん》を黙《だま》って見過《みす》ごすのは、武士《ぶし》の名折《なお》れ。しかも、素通《すどお》りされたとあっては、家康《いえやす》は信長《のぶなが》

に顔向《かおむ》けできない。だとしたら、討《う》ち死《じ》に覚悟《かくご》で追《お》うしかない。信玄《しんげん》はその心理《しんり》を突《つ》いたのです。

激戦《げきせん》の末《すえ》、徳川軍《とくがわぐん》は総崩《そうくず》れとなり、家康《いえやす》は命《いのち》からがら浜松城《はままつじょう》へと逃《に》げ帰《かえ》りました。

すぐに追《お》った武田軍《たけだぐん》は夜《よる》の闇《やみ》の中《なか》、篝火《かがりび》がこうこうと焚《た》かれ、開《あ》け放《はな》たれた城門《じょうもん》を前《まえ》にして立《た》ち止《ど》まりました。籠城《ろうじょう》する側《がわ》は門《もん》を固《かた》く閉《と》じ、守《まも》りを固《かた》めるもの。攻《せ》めてください、とばかりに開《あ》け放《はな》しているのは不自然《ふしぜん》です。

「これは罠《わな》だ。我《わ》が軍《ぐん》を中《なか》に誘《さそ》い込《こ》み、討《う》ち取《と》ろうというのであろう。ともかく、これで家康《いえやす》は動《うご》けまい。行《い》くぞ」

信玄《しんげん》はそう判断《はんだん》し、さらに西《にし》を目指《めざ》しました。


武田圧勝《たけだあっしょう》の報《ほう》は、すぐに躑躅ヶ崎館《つつじがさきやかた》に届《とど》きました。

「やはり武田《たけだ》は強《つよ》い！」

「うむ、風林火山《ふうりんかざん》の旗《はた》の向《む》かうところ、敵《てき》なしじゃ！」

留守《るす》を預《あず》かっている者《もの》たちは顔《かお》を見合《みあ》わせ、武田軍《たけだぐん》の勝利《しょうり》に歓喜《かんき》の笑《え》みを浮《う》かべます。

(この分《ぶん》だと父上《ちちうえ》は、お元気《げんき》そうね)

自分《じぶん》の取《と》り越《こ》し苦労《ぐろう》だったかと思《おも》い、安心《あんしん》していた松《まつ》でしたが、皆《みな》が戦勝報告《せんしょうほうこく》に沸《わ》き立《た》つ中《なか》、松《まつ》は使者《ししゃ》から別《べつ》の報《しら》せを受《う》けました。

「織田《おだ》との同盟《どうめい》が決裂《けつれつ》した……？」

使者《ししゃ》が言《い》うには、徳川《とくがわ》の援軍《えんぐん》として織田《おだ》から三千《ぜん》の兵《へい》が駆《か》け付《つ》けたそうです。

(武田《たけだ》の敵《てき》である徳川《とくがわ》に加勢《かせい》したということは、すなわち織田《おだ》も敵《てき》――)

その報《しら》せはつまり、「今後《こんご》、信忠《のぶただ》と通《つう》じてはならぬ」と、松《まつ》に釘《くぎ》を刺《さ》す意味《いみ》があったのです。

突然《とつぜん》のことに、松《まつ》の唇《くちびる》が震《ふる》え出《だ》しました。

「で、では……ひとことなりとも、信忠様《のぶただきま》に文《ふみ》を……！」

「それはなりませぬ、姫様《ひめさま》。もはや織田《おだ》は敵《てき》。敵方《てきがた》と私信《ししん》を交《か》わすなど、御館様《おやかたさま》の娘御《むすめご》として、決《けっ》してしてはなりませぬ！」

「そんな……」

理屈《りくつ》はわかりますが、心《こころ》が納得《なっとく》いきません。

(将来《しょうらい》を誓《ちか》い合《あ》っていた仲《なか》なのに、お別《わか》れの言葉《ことば》も言《い》えないの？)

「父上《ちちうえ》は？　父上《ちちうえ》はどこにいるのです？　父上《ちちうえ》に会《あ》って、直接話《ちょくせつはなし》をさせてください！」

今《いま》にも館《やかた》を出《で》て行《い》きそうな勢《いきお》いの松《まつ》を、侍女《じじょ》たちが必死《ひっし》で止《と》めます。

「姫様《ひめさま》、落《お》ち着《つ》いてください！」

「戦場《いくさば》に向《む》かうなんて無茶《むちゃ》です！」

「でも……っ」

そこへ菊《きく》もやってきて、騒《さわ》ぎを見《み》て驚《おどろ》いた顔《かお》になりました。普段《ふだん》はおとなしい松《まつ》が、侍女《じじょ》たちを困《こま》らせる姿《すがた》など初《はじ》めて見《み》たのです。

「姉上《あねうえ》！　どうしたの？」

「あ、菊《きく》！　お願《ねが》い、わたしを父上《ちちうえ》のところへ行《い》かせて！」

「父上《ちちうえ》のところへ？　でも、父上《ちちうえ》は今《いま》、戦《いくさ》に――」

(そんなことはわかっています！　わかっているけど、わかってはいるけれど……)

「……うう っ……ああ――っ……」

泣《な》きながらすがりついてきた松《まつ》を、とまどいながらも菊《きく》が抱《だ》きしめます。

侍女《じじょ》のひとりが事情《じじょう》を説明《せつめい》すると、嗚咽《おえつ》を繰《く》り返《かえ》す松《まつ》の背中《せなか》をさすりながら聞《き》いていた菊《きく》の顔色《かおいろ》がだんだん変《か》わっていきました。

「織田《おだ》との同盟《どうめい》を、父上《ちちうえ》のほうから破《やぶ》ったというの？　それでは、姉上《あねうえ》はもう……」

菊《きく》の脳裏《のうり》に、小《ちい》さい頃《ころ》の記憶《きおく》がよみがえりました。

長女《ちょうじょ》の梅姫《うめひめ》も、信玄《しんげん》が「甲相駿三国同盟《こうそうすんさんごくどうめい》」を破《やぶ》ったがために北条《ほうじょう》から離縁《りえん》され、愛《あい》する人《ひと》たちと二度《にど》と会《あ》うことは叶《かな》わず、失意《しつい》のうちに亡《な》くなったのです。

（父上《ちちうえ》は梅姫様《うめひめさま》の死《し》を、あれだけ悲《かな》しんでおられたのに。同《おな》じように、姉上《あねうえ》をつらい目《め》に遭《あ》わせるなんて……！）

菊《きく》は許《ゆる》せない気持《きも》ちでいっぱいになりましたが、今《いま》は松《まつ》をなだめるほうが先《さき》です。

「とにかく、父上《ちちうえ》のお戻《もど》りを待《ま》ちましょう。お手紙《てがみ》の一通《いっつう》くらい、もしかしたら、許《ゆる》してくださるかもしれません。わたしからもお願《ねが》いしてみますから。だから、もう泣《な》かないで、姉上《あねうえ》」

菊《きく》に慰《なぐさ》められ、松《まつ》はようやく顔《かお》を上《あ》げました。

「ありがとう、菊《きく》……取《と》り乱《みだ》して、ごめんなさい」

「いいのよ。だって、母上《ははうえ》はもういないし……姉《あね》だから妹《いもうと》に甘《あま》えちゃいけないってことはないでしょう？　妹《いもうと》のわたしにもっと頼《たよ》って。ね？」

「菊《きく》……」

妹《いもうと》のやさしさに、松《まつ》はまた涙《なみだ》がこみ上《あ》げてくるのでした。


その夜《よ》――。

松《まつ》はなかなか眠《ねむ》れずに、そっと布団《ふとん》を抜《ぬ》け出《だ》し、縁《えん》に出《で》ました。

冬《ふゆ》の月《つき》は冷《つめ》たく、冴《さ》え冴《ざ》えと夜空《よぞら》にかかっています。

(信忠様《のぶただざま》も、この月《つき》を見《み》ているかしら……。きっと手紙《てがみ》を書《か》きます。それまで待《ま》っていてくださいね)

信忠《のぶただ》も松《まつ》と同《おな》じことを言《い》われたはずです。徳川《とくがわ》・織田《おだ》連合軍《れんごうぐん》が武田《たけだ》に負《ま》けたのなら、なおさら、きつく「敵《てき》の姫《ひめ》と通《つう》じるな」と言《い》い含《ふく》められたことでしょう。

信忠《のぶただ》もきっと、自分《じぶん》と同《おな》じくつらい思《おも》いをしている――。

松《まつ》はそう思《おも》い、月《つき》を見上《みあ》げて心《こころ》を慰《なぐさ》めるのでした。

❖三方ヶ原《みかたがはら》の戦《たたか》いについて❖

武田軍《たけだぐん》二万《まん》七千《せん》VS徳川《とくがわ》・織田《おだ》連合軍《れんごうぐん》一万一千《まんいっせん》がぶつかったこの戦《たたか》いは、数《かず》で勝《まさ》ったこともさることながら、信玄《しんげん》の戦略《せんりゃく》の巧《うま》さにより、武田《たけだ》が大勝《たいしょう》を収《おさ》めました。

信玄《しんげん》は「信長包囲網《のぶながほういもう》」の一翼《いちよく》となった朝倉義景《あさくらよしかげ》と通《つう》じ、信長《のぶなが》を挟《はさ》み撃《う》ちにする予定《よてい》だったようです。けれど、近江《おうみ》まで出《で》てきていた朝倉《あさくら》は積雪《せきせつ》のため越前《えちぜん》へ撤退《てったい》。これを知《し》った信玄《しんげん》は元亀《げんき》3年《ねん》（1572年《ねん》）12月《がつ》28日《にち》、義景《よしかげ》を激《はげ》しく非難《ひなん》する書状《しょじょう》を送《おく》っています。信玄《しんげん》が刑部《おさかべ》に陣《じん》を張《は》って動《うご》かなかったのは、朝倉《あさくら》の動《うご》きと連動《れんどう》するため、朝倉《あさくら》からの連絡《れんらく》を待《ま》っていたからだったのです。

信玄《しんげん》は義景《よしかげ》に対《たい》し、三方ヶ原《みかたがはら》での圧勝《あっしょう》と織田《おだ》の援軍《えんぐん》も討《う》ったことを伝《つた》えるとともに、「此節信長《このせつのぶなが》滅亡時刻到来《めつぼうじこくとうらい》」――信長《のぶなが》を討《う》つ機会《きかい》が来《き》たので、再出兵《さいしゅっぺい》するよう要請《ようせい》。しかし、義景《よしかげ》は動《うご》かず……。

信玄《しんげん》は同盟相手《どうめいあいて》の石山本願寺《いしやまほんがんじ》の顕如《けんにょ》にも依頼《いらい》し、顕如《けんにょ》からも朝倉《あさくら》に対《たい》し、再出兵《さいしゅっぺい》を促《うなが》す書状《しょじょう》が二回届《かいとど》けられましたが、それでも義景《よしかげ》は動《うご》かず……。

朝倉義景《あさくらよしかげ》が再出兵《さいしゅっぺい》していたら、「信長包囲網《のぶながほういもう》」は効果《こうか》を発揮《はっき》し、挟《はさ》み撃《う》ちにされた信長《のぶなが》は討《う》たれていたかもしれません。

戦国姫《せんごくひめ》

―松《まつ》姫《ひめ》の物《もの》語《がたり》―

稲《いな》妻《づま》の章《しょう》

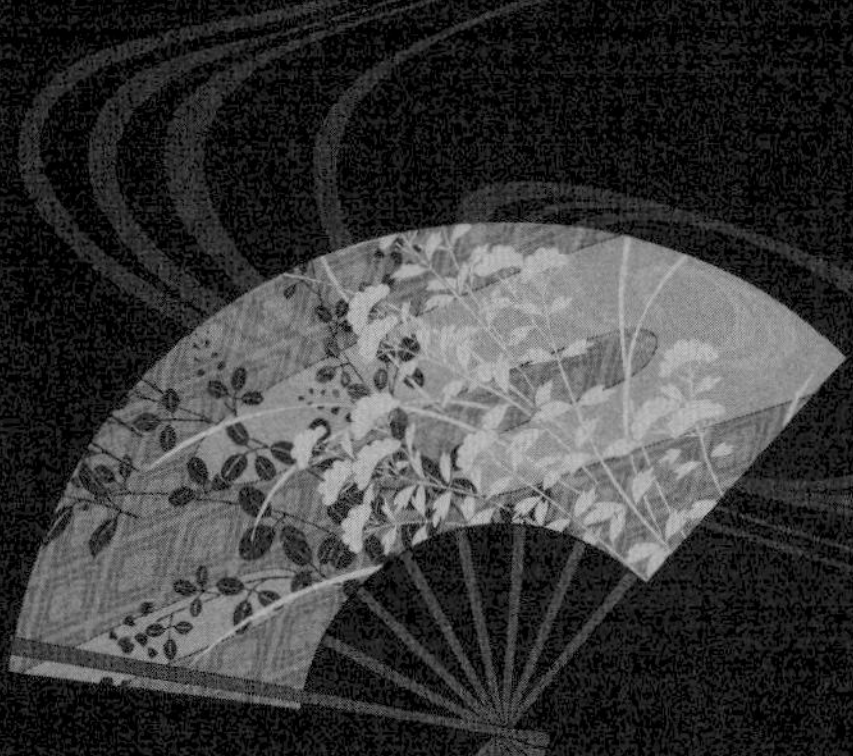

1 父《ちち》・信《しん》玄《げん》の死《し》——元《げん》亀《き》4年《ねん》（1573年《ねん》）——

浜松城《はままつじょう》を放《ほう》った武田軍《たけだぐん》は、三方ヶ原台地《みかたがはらだいち》の北端《ほくたん》——刑部《おさかべ》に陣《じん》を張《は》り、そこで年《とし》を越《こ》してから、1月《がつ》11日《にち》、三河《みかわ》の野田城《のだじょう》を囲《かこ》みました。

しかし、城《しろ》はなかなか落《お》ちず……。信玄《しんげん》は金山衆《かなやましゅう》を呼《よ》び寄《よ》せ、得意《とくい》の〝土竜攻《もぐらぜ》め〟で落《お》とすことにしました。

「城《しろ》を掘《ほ》り崩《くず》せ！　水《みず》の手《て》も断《た》つのだ！」

これにより、敵《てき》の士気《しき》はどんどん落《お》ちていき……2月《がつ》に入《はい》ってから、信玄《しんげん》は総攻撃《そうこうげき》をかけて野田城《のだじょう》を落城《らくじょう》させました。

しかし、そのあと、武田軍《たけだぐん》は不可解《ふかかい》な行動《こうどう》を取《と》りました。

野田城《のだじょう》の捕虜《ほりょ》を連《つ》れて長篠城《ながしのじょう》に入《い》り、そこにしばらくとどまったあと、奥三河《おくみかわ》の鳳来寺《ほうらいじ》に入《はい》ったのです。

（将軍《しょうぐん》は今頃《いまごろ》、さぞ気《き》を揉《も》んでおられることだろうな……）

「ごほっ、ごほっ……！」

「父上《ちちうえ》、今《いま》はとにかく休《やす》んでください。これ以上《いじょう》の無理《むり》はなりませぬ」

勝頼《かつより》が背中《せなか》をさすりますが、信玄《しんげん》はそれを振《ふ》り払《はら》いました。

「心配《しんぱい》いらぬ。冬《ふゆ》の寒《さむ》さが身体《からだ》にこたえただけじゃ」

が、いっこうに病《やまい》は癒《い》えず……。

信玄《しんげん》は仕方《しかた》なく甲斐《かい》に戻《もど》ることを決《き》めました。

「いずれ、西《にし》へ……」

輿《こし》に乗《の》せられた信玄《しんげん》は、西《にし》の方角《ほうがく》に落《お》ちていく夕陽《ゆうひ》をにらみつけ、ふたたび京《きょう》を目指《めざ》すことを己《おのれ》の胸《むね》に誓《ちか》いました。

元亀《げんき》4年《ねん》（1573年《ねん》）5月《がつ》――甲斐国《かいのくに》・府中《ふちゅう》。

信玄《しんげん》率《ひき》いる武田軍《たけだぐん》が躑躅《つつじ》ケ崎館《がさきやかた》に戻《もど》ってきました。

（父上《ちちうえ》がようやくお戻《もど》りに！）

およそ八《はっ》か月振《げつぶ》りの父《ちち》の帰還《きかん》に、松《まつ》はいても立《た》ってもいられず、信玄《しんげん》の部屋《へや》へと走《はし》りましたが、家臣《かしん》たちに止《と》められてしまいました。

「姫様《ひめさま》、今《いま》はなりませぬ！　御館様《おやかたさま》は病《やまい》ゆえ、今《いま》はそっと……あ！」

家臣《かしん》たちの間《あいだ》をすり抜《ぬ》けて、松《まつ》が部屋《へや》へと飛《と》び込《こ》むと、信玄《しんげん》は横《よこ》になっていて、枕元《まくらもと》には勝《かつ》頼《より》がいました。

「松《まつ》!?　どうした？　この部屋《へや》に入《はい》ってはならぬと聞《き》かなかったのか？」

「父上《ちちうえ》！　お話《はな》ししたいことがございます！　此度《こたび》の戦《いくさ》ではなぜ――」

織田《おだ》との同盟《どうめい》をなぜ破《やぶ》ったのか。その真偽《しんぎ》を質《ただ》そうと乗《の》り込《こ》んできた松《まつ》でしたが、ハッと目《め》をみはり、その場《ば》に立《た》ち尽《つ》くしてしまいました。

「……叔父上《おじうえ》？」

床《とこ》に臥《ふ》しているのは、父《ちち》の信玄《しんげん》ではありません。

よく似《に》ていますが、信玄《しんげん》の弟《おとうと》の信廉《のぶかど》です。信廉《のぶかど》は身内《みうち》のなかではいちばん信玄《しんげん》に似《に》ていますので、昔《むかし》から信玄《しんげん》の影武者《かげむしゃ》を務《つと》めているのでした。

「父上《ちちうえ》は……？　兄上《あにうえ》、父上《ちちうえ》はどこですか？」

松《まつ》が詰《つ》め寄《よ》りますと、勝頼《かつより》は悲痛《ひつう》な顔《かお》で首《くび》を振《ふ》ってから、こう言《い》いました。

「松《まつ》、よく聞《き》いてくれ。父上《ちちうえ》はすでに亡《な》くなられている。甲斐《かい》へ戻《もど》る途中《とちゅう》、信濃《しなの》の駒場《こまんば》で息《いき》を引《ひ》き取《と》られたのだ」

「嘘《うそ》……」

信《しん》じたくありませんが、状況《じょうきょう》がそうだと言《い》っています。

死《し》に臨《のぞ》んだ信玄《しんげん》は、勝頼《かつより》や重臣《じゅうしん》たちを枕元《まくらもと》に呼《よ》び寄《よ》せ、

「他国《たこく》に侮《あなど》られてはならぬ……わしの死《し》を三年《ねんかく》隠せ」

と言《い》い、いくつかの遺言《ゆいごん》を残《のこ》したあと、信濃《しなの》の駒場《こまんば》で亡《な》くなりました。

その遺言《ゆいごん》に従《したが》い、弟《おとうと》の信廉《のぶかど》を影武者《かげむしゃ》にして甲斐《かい》へと戻《もど》ってきたのです。

「わしも信《しん》じたくない。あの兄上《あにうえ》が亡《な》くなられたなど……」

信廉《のぶかど》の目《め》に涙《なみだ》が浮《う》かびます。

その姿《すがた》がまるで父《ちち》の信玄《しんげん》が泣《な》いているように見《み》えて、松《まつ》はたまらなくなりました。

「父上《ちちうえ》……父上《ちちうえ》……っ！」

「松《まつ》……」

勝頼《かつより》も泣《な》きながら、松《まつ》の肩《かた》を抱《だ》き寄《よ》せます。

「私《わたし》の腕《うで》の中《なか》でなら、いくらでも泣《な》いていい。いくらでも泣《な》いていいぞ……松《まつ》」

兄《あに》の胸《むね》にすがりつき、松《まつ》は涙《なみだ》が枯《か》れるまで泣《な》き続《つづ》けました。


その晩《ばん》——。

松《まつ》は信忠《のぶただ》からの手紙《てがみ》や贈《おく》り物《もの》を、人目《ひとめ》につかないよう隠《かく》すことにしました。

誰《だれ》かの目《め》に触《ふ》れたら、取《と》り上《あ》げられるかもしれないと思《おも》ったのです。

(信忠様《のぶただざま》……)

最後《さいご》にひとめ、と思《おも》い、松《まつ》は信忠《のぶただ》の絵姿《えすがた》を広《ひろ》げました。

十一歳《さい》の奇妙丸《きみょうまる》は、初《はじ》めて見《み》たときと同《おな》じく、幼《おさな》さを残《のこ》しながらも凛々《りり》しい雰囲気《ふんいき》を漂《ただよ》わせています。

(ひとめでいいから、あなた様《さま》にお会《あ》いしたかった……!)

信忠様《のぶただざま》。武田《たけだ》と織田《おだ》の同盟《どうめい》が破《やぶ》れた今《いま》、わたしはもうあなた様《さま》と直接《ちょくせつ》、お手紙《てがみ》のやりとりをすることができなくなりました。ですので、これからは心《こころ》の中《なか》で、あなた様《さま》へのお手紙《てがみ》を綴《つづ》ります。

父上《ちちうえ》が亡《な》くなりました。大好《だいす》きで、大切《たいせつ》な大切《たいせつ》な父上《ちちうえ》……が。

けれど、わたしたちは人前《ひとまえ》では大声《おおごえ》で泣《な》くことができません。御遺言《ごゆいごん》で、三年《ねん》の間《あいだ》は父上《ちちうえ》の死《し》を隠《かく》さなければならないからです。四郎兄様《しろうにいさま》や叔父上《おじうえ》のご苦労《くろう》を思《おも》うと申《もう》し訳《わけ》ない気持《きも》ちになりますが、わたしや菊《きく》は静《しず》かにしていることしかできません。どこに敵国《てきこく》の間者《かんじゃ》が潜《ひそ》んでいるかわからないからです。

敵国《てきこく》と言《い》えば、織田《おだ》も今《いま》はそうなのですね……。

信忠様《のぶただです》……。あなた様《さま》は今《いま》どこで、どうしていらっしゃるのでしょう。

❖遺言《ゆいごん》の影響《えいきょう》❖

信玄《しんげん》は死《し》に臨《のぞ》み、「わしの死《し》を三年《ねん》隠《かく》せ」と言《い》い、その間《あいだ》に領国内《りょうごくない》の経営《けいえい》を万全《ばんぜん》にするよう勝頼《かつより》や重臣《じゅうしん》たちに指示《しじ》しました。信玄《しんげん》は出陣前《しゅつじんまえ》に死《し》を悟《さと》っていたのか、花押《かおう》だけを書《か》いた紙《かみ》を八百枚《はっぴゃくまい》用意《ようい》しておき、死後《しご》、勝頼《かつより》はそれを使《つか》って、諸国《しょこく》とのやりとりをいくつか行《おこな》ったようです。

同盟勢力《どうめいせいりょく》に対《たい》しては、信玄《しんげん》の名前《なまえ》で「信玄《しんげん》の隠居《いんきょ》による勝頼《かつより》への家督交代《かとくこうたい》である」旨《むね》をしたため、実際《じっさい》、本願寺《ほんがんじ》からは勝頼《かつより》の家督相続《かとくそうぞく》を祝《いわ》う書状《しょじょう》が届《とど》き、それに対《たい》して、信玄死去《しんげんしきょ》の翌月《よくげつ》の5月《がつ》6日付《かづけ》で信玄《しんげん》の名前《なまえ》で返事《へんじ》が送《おく》られています。

ですが、大物《おおもの》の死《し》という衝撃的《しょうげきてき》な出来事《できごと》は、なかなか隠《かく》しきれないもので、信玄《しんげん》の死《し》は4月《がつ》25日《にち》には、すでに越後《えちご》の上杉謙信《うえすぎけんしん》の知《し》るところとなり、諸国《しょこく》に急速《きゅうそく》に広《ひろ》まったようです。

しかし、信玄《しんげん》の西上作戦《せいじょうさくせん》が進行中《しんこうちゅう》だと信《しん》じていた人《ひと》がいました。それは「信長包囲網《のぶながほういもう》」を作《つく》り上《あ》げた将軍《しょうぐん》・足利義昭《あしかがよしあき》です。義昭《よしあき》は5月《がつ》13日付《にちづけ》で信玄《しんげん》からの起請文《きしょうもん》を受《う》け取《と》っており、返事《へんじ》の御《ご》内書《ないしょ》を出《だ》しています。信玄《しんげん》の死《し》を知《し》らなかった義昭《よしあき》は、信長《のぶなが》に対抗《たいこう》できると思《おも》い、槇島城《まきしまじょう》にて挙《きょ》兵《へい》。結局《けっきょく》は信長《のぶなが》に攻《せ》められて将軍《しょうぐん》の座《ざ》を追《お》われ、室町幕府《むろまちばくふ》は滅亡《めつぼう》したのです。

2 長篠《ながしの》の戦《たたか》い——天正《てんしょう》3年《ねん》（1575年《ねん》）——

元亀《げんき》4年《ねん》（1573年《ねん》）5月《がつ》。

信玄《しんげん》の死《し》を隠《かく》しておくため、勝頼《かつより》はひっそりと家督《かとく》を継《つ》ぎました。

けれど、信玄《しんげん》亡《な》きあとの武田《たけだ》は、勝頼《かつより》のもと一丸《いちがん》となって天下取《てんかと》りに向《む》かう——というわけにはいきませんでした。

四男《なん》の勝頼《かつより》は二十八歳《さい》。まだ若《わか》いということもありますが、母親《ははおや》が元《もと》は武田《たけだ》の敵《てき》であった諏《す》訪氏《わし》の姫《ひめ》だったこともあり、家臣《かしん》たちの中《なか》には心《こころ》から従《したが》うことができない者《もの》も多《おお》かったのです。

一方《いっぽう》で、信長《のぶなが》や家康《いえやす》は信玄《しんげん》の死《し》を知《し》っていました。

武田《たけだ》がいくら隠《かく》そうとしても、各国《かっこく》が放《はな》った忍《しの》びたちにより、あっというまに広《ひろ》まっていたのです。

その年《とし》の7月《がつ》、信長《のぶなが》は京《きょう》から将軍《しょうぐん》・足利義昭《あしかがよしあき》を追《お》い落《お》とし、朝廷《ちょうてい》に働《はたら》きかけて、元号《げんごう》を「天《てん》正《しょう》」に変《か》えてしまいました。

そして、天正元年《てんしょうがんねん》（1573年《ねん》）8月《がつ》、信長《のぶなが》は朝倉《あさくら》・浅井《あざい》を攻《せ》め滅《ほろ》ぼし、越前《えちぜん》と北近江《きたおうみ》を手《て》に入《い》れたのです。

北近江《きたおうみ》の浅井《あざい》には、信長《のぶなが》の妹《いもうと》・お市《いち》の方《かた》が嫁《とつ》いでいました。そのお市《いち》の方《かた》は浅井《あざい》の本拠《ほんきょ》である小谷城落城《おだにじょうらくじょう》の際《さい》、茶々《ちゃちゃ》・初《はつ》・江《ごう》という三人《にん》の娘《むすめ》たちとともに、信長《のぶなが》の命《めい》を受《う》けた木下藤吉郎《きのしたとうきちろう》秀吉《ひでよし》が救《すく》い出《だ》し……四人《よにん》は岐阜城《ぎふじょう》にいったん引《ひ》き取《と》られました。

（父上《ちちうえ》も人《ひと》の子《こ》。やはり妹《いもうと》は大事《だいじ》なのですね）

浅井攻《あざいぜ》めで初陣《ういじん》を飾《かざ》り、最愛《さいあい》の妹《いもうと》がいる城《しろ》を攻《せ》めた父《ちち》を見《み》ていた信忠《のぶただ》はそれをうれしく思《おも》うと同時《どうじ》に、戦国《せんごく》の世《よ》の非情《ひじょう》さに胸《むね》を痛《いた》めました。

（叔母上《おばうえ》もかわいそうに……。父上《ちちうえ》の政略《せいりゃく》の駒《こま》として嫁《とつ》がされた挙《あ》げ句《く》、婚家《こんか》を滅《ほろ》ぼされるとは）

夫《おっと》を死《し》に追《お》いやった兄《あに》を許《ゆる》せないのでしょう。お市《いち》たちはしばらくしてから、信長《のぶなが》の弟《おとうと》・信《のぶ》包《かね》のいる伊勢《いせ》へ移《うつ》りました。

（松殿《まつどの》は今頃《いまごろ》、どうしておられるだろうか……）

信忠《のぶただ》は東《ひがし》の方角《ほうがく》に目《め》をやり、かつての婚約者《こんやくしゃ》に想《おも》いを馳《は》せました。

松殿《まつどの》、織田《おだ》と武田《たけだ》の同盟《どうめい》が破《やぶ》れた今《いま》、私《わたし》はもうあなたに手紙《てがみ》を書《か》くことができません。

あなたは今《いま》、悲《かな》しみのただ中《なか》にいるのでしょう。大好《だいす》きな父上《ちちうえ》を亡《な》くし、涙《なみだ》に暮《く》れる日々《ひび》を送《おく》っているに違《ちが》いありません。今《いま》すぐ甲斐《かい》に飛《と》んで行《い》き、あなたの肩《かた》をやさしく抱《だ》いて慰《なぐさ》めてさしあげたいが、それはできない。

朝倉《あさくら》と浅井《あざい》を滅《ほろ》ぼしたあの父上《ちちうえ》が武田《たけだ》を放《ほう》っておくとは思《おも》えません。いずれ、武田《たけだ》とは大《おお》きな戦《いくさ》をすることになる……。

いつか、あなたを攻《せ》める日《ひ》が来《く》るかもしれない。

もちろん、私《わたし》はそんなことは望《のぞ》んでいない。そうならないことを祈《いの》るばかりです。

天正《てんしょう》2年《ねん》（1574年《ねん》）1月《がつ》、勝頼《かつより》は東美濃《ひがしみの》へ向《む》けて侵攻《しんこう》を開始《かいし》しました。

家康《いえやす》との「三方《みかた》ヶ原《がはら》の戦《たたか》い」の前《まえ》に、武田《たけだ》は信長《のぶなが》の叔母《おば》・おつやの方《かた》が城主《じょうしゅ》を務《つと》める美濃《みの》の岩村城《いわむらじょう》を落《お》としていましたので、此度《こたび》はここを拠点《きょてん》に2月《がつ》までに十八もの城《しろ》を攻略《こうりゃく》することに成功《せいこう》しました。

これらの城《しろ》は、美濃《みの》から岐阜《ぎふ》へ抜《ぬ》ける関門《かんもん》にあたると同時《どうじ》に、奥三河《おくみかわ》へも影響《えいきょう》を及《およ》ぼすことのできる絶好《ぜっこう》の位置《いち》にありました。

「信長《のぶなが》も家康《いえやす》も私《わたし》が必《かなら》ず討《う》つ。父上《ちちうえ》の遺志《いし》を継《つ》ぎ、必《かなら》ずや京《きょう》に武田《たけだ》の旗《はた》を立《た》ててみせる！」

勝頼《かつより》は意気盛《いきさか》んに兵《へい》を進《すす》め、4月《がつ》には高天神城《たかてんじんじょう》を包囲《ほうい》しました。

高天神城《たかてんじんじょう》は父《ちち》・信玄《しんげん》が落《お》とせなかった堅城《けんじょう》です。

(これを落《お》とすことは、偉大《いだい》な父《ちち》を超《こ》えることに等《ひと》しい)

そうすれば、自分《じぶん》が家督《かとく》を継《つ》いだことを快《こころよ》く思《おも》わない者《もの》たちも、きっと一目置《いちもくお》くようになる。

勝頼《かつより》はそう考《かんが》え、戦《いくさ》に臨《のぞ》みました。

家康《いえやす》からの援軍要請《えんぐんようせい》を受《う》けた信忠《のぶただ》は父《ちち》・信長《のぶなが》とともに出陣《しゅつじん》し、6月《がつ》17日《にち》に三河《みかわ》の吉田城《よしだじょう》に到《とう》着《ちゃく》しました。

「勝頼《かつより》め、なかなかやるではないか。信玄《しんげん》亡《な》きあとの武田《たけだ》など恐《おそ》るるに足《た》らずと思《おも》っていたが、侮《あなど》れぬな」

「ええ……」

「浮《う》かぬ顔《かお》だな、信忠《のぶただ》。武田《たけだ》を攻《せ》めるは抵抗《ていこう》があるか」

「いえ、そんなことはありませぬ！　織田《おだ》にとって武田《たけだ》は敵《てき》。高天神城《たかてんじんじょう》を必《かなら》ずや取《と》り戻《もど》してみせます」

信忠《のぶただ》は力強《ちからづよ》い瞳《ひとみ》で父《ちち》を見《み》つめました。

松殿《まつどの》、あなたの兄上《あにうえ》と、ついに戦《たたか》う日《ひ》がやってきました。兄上《あにうえ》を討《う》ったら、あなたは私《わたし》を恨《うら》むでしょうね。あなたに嫌《きら》われると思《おも》うと、とても気《き》が重《おも》いです。本当《ほんとう》なら、勝頼殿《かつよりどの》は私《わたし》の義兄上《あにうえ》となる人《ひと》だったのに……。

これから今切《いまぎれ》の渡《わたし》を渡《わた》ります。浜名《はまな》の湖《うみ》は海《うみ》のように大《おお》きく、琵琶《びわ》の湖《うみ》の眺《なが》めに劣《おと》らず、とても素晴《すば》らしい景色《けしき》です。

ああ……私《わたし》はいつもそうだ。とても良《よ》い景色《けしき》を見《み》ると、あなたに教《おし》えてあげたくなる。そして、あなたと一緒《いっしょ》にまた訪《おとず》れたいと思《おも》う。

松殿《まつどの》、あなたも私《わたし》と同《おな》じように、ふとした瞬間《しゅんかん》に私《わたし》を想《おも》うことはあるのでしょうか？


信忠《のぶただ》は重《おも》い気持《きも》ちで馬上《ばじょう》の人《ひと》となり、軍勢《ぐんぜい》を率《ひき》いて東《ひがし》へと進《すす》んでいました。

が、浜名湖《はまなこ》の今切《いまぎれ》の渡《わたし》に差《さ》し掛《か》かったとき、徳川《とくがわ》からの使者《ししゃ》が来《き》て、高天神城《たかてんじんじょう》は6月《がつ》11日《にち》にすでに降伏《こうふく》したことがわかりました。

「勝頼《かつより》……やはり侮《あなど》れぬ」

信長《のぶなが》は苦々《にがにが》しくつぶやくと、馬首《ばしゅ》をめぐらし、西《にし》へと進路《しんろ》を変《か》えました。

「岐阜《ぎふ》へ戻《もど》るぞ。いずれ、必《かなら》ず武田勝頼《たけだかつより》を討《う》つ！」

「はっ！」

信忠《のぶただ》も父《ちち》に続《つづ》き、引《ひ》き揚《あ》げましたが、その心中《しんちゅう》はやはり複雑《ふくざつ》なものでした。

(いずれは武田《たけだ》を討《う》つ日《ひ》が来《く》る……。松殿《まつどの》とは、やはり、どうにもならない運命《さだめ》なのか？)

信忠《のぶただ》は肩越《かたご》しに甲斐《かい》の方角《ほうがく》を見《み》やり、人知《ひとし》れず重《おも》い息《いき》をついたのでした。

天正《てんしょう》3年《ねん》（1575年《ねん》）、4月《がつ》12日《にち》、信玄《しんげん》の三回忌《かいき》がしめやかに行《おこな》われました。

そして、法要《ほうよう》が終《お》わった直後《ちょくご》、勝頼《かつより》は徳川《とくがわ》を討《う》つべく兵《へい》を率《ひき》いて府中《ふちゅう》を発《た》ちました。

信玄《しんげん》の死後《しご》、徳川《とくがわ》に奪《うば》われた長篠城《ながしのじょう》を取《と》り返《かえ》すためです。

「今度《こんど》こそ、家康《いえやす》の首《くび》を獲《と》る！」

意気盛《いきさか》んに慌《あわ》ただしく発《た》っていった軍勢《ぐんぜい》を見送《みおく》り、菊《きく》が手《て》を振《ふ》ります。

「四郎兄様《しろうにいさま》、ご武運《ぶうん》を！」

けれど、反対《はんたい》に松《まつ》は黙《だま》って見送《みおく》っています。

そんな姉《あね》を見《み》て、菊《きく》が軽《かる》く肩《かた》をすくめました。

「また信忠様《のぶただざま》のことを想《おも》っているのね。四郎兄様《しろうにいさま》が徳川《とくがわ》とぶつかったら、織田《おだ》が援軍《えんぐん》として出《で》てくるでしょうし」

「……そんなこと、考《かんが》えていないわ」

「嘘《うそ》。心配《しんぱい》だって、ちゃんと顔《かお》に書《か》いてあるわ。今《いま》の四郎兄様《しろうにいさま》は強《つよ》いもの。徳川《とくがわ》と織田《おだ》なんて簡単《かんたん》に滅《ほろ》ぼしちゃうかもしれないし」

確《たし》かに、今《いま》の勝頼《かつより》には勢《いきお》いがあります。父《ちち》・信玄《しんげん》の時代《じだい》より、領土《りょうど》を広《ひろ》げたのがその証拠《しょうこ》です。

(四郎兄様《しろうにいさま》と信忠様《のぶただきま》が戦《たたか》うと思《おも》うと、とてもつらいけど……)

武田《たけだ》の姫《ひめ》として、それを口《くち》に出《だ》すわけにはいきません。

「わたしには、戦《いくさ》のことはよくわからないわ」

松《まつ》はそう言《い》って踵《きびす》を返《かえ》し、館《やかた》の中《なか》へと戻《もど》りました。

一方《いっぽう》、信忠《のぶただ》は――。

5月《がつ》13日《にち》に父《ちち》・信長《のぶなが》とともに岐阜《ぎふ》を発《た》ち、18日《にち》の夜《よる》に長篠《ながしの》に近《ちか》い、新御堂山《しんみどうやま》に到着《とうちゃく》しました。長篠城《ながしのじょう》に近《ちか》い有海原《あるみはら》には、三重《じゅう》に廻《めぐ》らされた馬防柵《ばぼうさく》が設置《せっち》されています。

「武田《たけだ》には『この柵《さく》を破《やぶ》られたらまずい、と信長《のぶなが》が怯《おび》えている』という噂《うわさ》を流《なが》しておいた。勝頼《かつより》はなんとしても突破《とっぱ》しようと、がむしゃらに突《つ》っ込《こ》んでくるに違《ちが》いない。そこに鉄砲《てっぽう》を無数《むすう》に撃《う》ち込《こ》むのだ」

そして、5月《がつ》21日早朝《にちそうちょう》。

日《ひ》の出《で》とともに、戦《いくさ》が始《はじ》まりました。

「おお――っ！」

「信長《のぶなが》、家康《いえやす》の首《くび》を今日《きょう》こそ獲《と》るのだ！」

実際《じっさい》、戦《たたか》いは信長《のぶなが》が言《い》ったように展開《てんかい》しました。

柵《さく》の隙間《すきま》から三千挺《ぜんちょう》の鉄砲《てっぽう》が代《か》わる代《が》わる敵《てき》に火《ひ》を噴《ふ》き――「鉄砲《てっぽう》の三段撃《だんう》ち」の前《まえ》に無敵《むてき》を誇《ほこ》った武田《たけだ》の騎馬軍団《きばぐんだん》は壊滅《かいめつ》したのです。

「勝頼様《かつよりさま》をお守《まも》りしろ！」

「殿《との》の首《くび》を獲《と》られてはならぬ！」

武田《たけだ》は山県昌景《やまがたまさかげ》、内藤昌秀《ないとうまさひで》、馬場信春《ばばのぶはる》、真田信綱《さなだのぶつな》などの重臣《じゅうしん》を失《うしな》い、勝頼《かつより》は命《いのち》からがら戦場《いくさば》を脱出《だっしゅつ》し、信濃《しなの》へと逃《のが》れました。

松殿《まつどの》、ついに恐《おそ》れていた日《ひ》が来《き》てしまいました。

勝頼殿《かつよりどの》も武勇《ぶゆう》で知《し》られた人《ひと》ではありますが、やはり、父《ちち》・信長《のぶなが》に敵《かな》う相手《あいて》ではなかった。

私《わたし》は今《いま》、長篠城《ながしのじょう》に来《き》ています。

父《ちち》や家康殿《いえやすどの》とともに、城《しろ》を守《まも》った奥平貞昌殿《おくだいらさだまさどの》を労《ねぎら》いに来《き》たのです。

奥平《おくだいら》が武田《たけだ》から徳川《とくがわ》に寝返《ねがえ》ったのは、家康殿《いえやすどの》の娘《むすめ》・亀姫《かめひめ》を奥平《おくだいら》に嫁《とつ》がせると約束《やくそく》したからです。それは父《ちち》の提案《ていあん》でした。

このまま武田《たけだ》を追撃《ついげき》して、信濃《しなの》や甲斐《かい》に攻《せ》め入《い》ろうという意見《いけん》も出《で》ましたが、父《ちち》も家康殿《いえやすどの》もそれには反対《はんたい》しました。兵《へい》を休《やす》ませることを優先《ゆうせん》したのです。

でも、しばらくすれば、武田攻《たけだぜ》めの軍勢《ぐんぜい》を整《ととの》え、信濃《しなの》や甲斐《かい》へ向《む》かうでしょう。

今《いま》のうちに、どこか遠《とお》くへ行《い》ってくださいと、本当《ほんとう》にあなたに宛《あ》てて文《ふみ》をしたためられたらいいのに……。

松殿《まつどの》、あなたも今《いま》、私《わたし》と同《おな》じ月《つき》を見《み》ているでしょうか。

❖歴史的な大敗北《れきしてきなだいはいぼく》❖

鉄砲《てっぽう》は装塡《そうてん》に時間《じかん》のかかる武器《ぶき》。その弱点《じゃくてん》を補《おぎな》うためもあり、敵軍《てきぐん》が容易《ようい》に突《つ》っ込《こ》んで来《こ》られないよう信長《のぶなが》は長大《ちょうだい》な「馬防柵《ばぼうさく》」を三重《じゅう》に設置《せっち》。三千挺《ぜんちょう》の鉄砲隊《てっぽうたい》を三組《くみ》に分《わ》け、一列目《れつめ》が撃《う》ち終《お》わるとすぐに三列目《れつめ》の後《うし》ろに回《まわ》り、その間《あいだ》に準備《じゅんび》していた二列目《れつめ》が前《まえ》に出《で》て放《はな》ち――というように列《れつ》を入《い》れ替《か》えながら、雨《あめ》あられと銃弾《じゅうだん》を撃《う》ち込《こ》みました。

しかし、武田《たけだ》もやられっぱなしだったわけではなく、銃弾《じゅうだん》の雨《あめ》をかいくぐって柵《さく》を崩《くず》した隊《たい》もいくつかありました。その中《なか》でも一重目《じゅうめ》を突破《とっぱ》した真田信綱《さなだのぶつな》・昌輝《まさてる》（真田昌幸《さなだまさゆき》の兄《あに》たち）は二重《じゅう》目《め》に迫《せま》り、敵《てき》の首《くび》を十六も挙《あ》げたとか。しかし、劣勢《れっせい》を覆《くつがえ》すことはできず、このふたりをはじめ、殿軍《でんぐん》を務《つと》めた馬場信春《ばばのぶはる》など、勝頼《かつより》は多《おお》くの優秀《ゆうしゅう》な人材《じんざい》を失《うしな》ったのです。

府中《ふちゅう》には、『枕草子《まくらのそうし》』をもじった落首《らくしゅ》の札《ふだ》が立《た》ち、勝頼《かつより》をこう皮肉《ひにく》ったそうです。

「信玄《しんげん》の　後《あと》をやうやう四郎殿《しろうどの》　敵《てき》のかつより　名《な》をばながしの」

信玄公《しんげんこう》の後《あと》をようよう四郎《しろう》（白《しろ》う）が継《つ》いだと思《おも》ったら、敵《てき》が勝《か》つことにより（勝頼《かつより》）、名《な》を長篠《しの》で流《なが》してしまった――。歴史的大敗北《れきしてきだいはいぼく》を喫《きっ》した武田《たけだ》の権威《けんい》は地《ち》に落《お》ちたのです。

曇《どん》天《てん》の章《しょう》

1 信忠《のぶただ》、織田《おだ》の家督《かとく》を継《つ》ぐ——天正《てんしょう》3年《ねん》（1575年《ねん》）——

「勝頼様《かつよりさま》、まずは東《ひがし》の憂《うれ》いを取《と》り払《はら》いましょう」

長篠《ながしの》で大敗《たいはい》した勝頼《かつより》に、高坂弾正《こうさかだんじょう》がいろいろと進言《しんげん》しました。高坂《こうさか》は信濃《しなの》の海津城《かいづじょう》を守《まも》っていたので、此度《こたび》の戦《いくさ》には参戦《さんせん》していなかったのです。

「氏政《うじまさ》の妹《いもうと》を正室《せいしつ》に迎《むか》え入《い》れ、北条《ほうじょう》との絆《きずな》を深《ふか》めるのです」

それから、戦場《いくさば》で散《ち》った重臣《じゅうしん》たちの跡目問題《あとめもんだい》について話《はな》したあと、高坂《こうさか》は実《じつ》に苦《にが》い意見《いけん》を口《くち》にしました。

敗戦《はいせん》の責任《せきにん》を武田信豊《たけだのぶとよ》（勝頼《かつより》の従兄弟《いとこ》）と穴山信君《あなやまのぶただ》に取《と》らせ、両者《りょうしゃ》を切腹《せっぷく》させるよう言《い》ったのです。

「信豊《のぶとよ》と信君《のぶただ》を？」

「特《とく》に穴山殿《あなやまどの》はたいした働《はたら》きもせず、早々《そうそう》に戦線《せんせん》を離脱《りだつ》したと聞《き》いております。つまり、負《ま》け戦《いくさ》となったのは穴山殿《あなやまどの》のせいでもあります」

「信君《のぶただ》は確《たし》かに許《ゆる》し難《がた》い。だが、姉上《あねうえ》の夫《おっと》を成敗《せいばい》するとなると……。それに、今《いま》は一刻《いっこく》も早《はや》く家中《かちゅう》の立《た》て直《なお》しを図《はか》らねば。そのためにはやはり親戚衆《しんせきしゅう》の力《ちから》は必要《ひつよう》だ」

高坂《こうさか》の献策《けんさく》のうち勝頼《かつより》は、北条《ほうじょう》から妻《つま》を迎《むか》えることと、勝頼《かつより》を逃《に》がすために命《いのち》を落《お》とした真《さな》田《だ》信綱《のぶつな》の跡目《あとめ》を弟《おとうと》の昌幸《まさゆき》にすることを決《き》め、ほかは退《しりぞ》けました。


一方《いっぽう》、信忠《のぶただ》は5月《がつ》25日《にち》、信長《のぶなが》とともに岐阜城《ぎふじょう》に凱旋《がいせん》。休《やす》む間《ま》もなく信長《のぶなが》から東美濃《ひがしみの》攻略《こうりゃく》を命《めい》じられ、27日《にち》には岩村城《いわむらじょう》を包囲《ほうい》しました。

この城《しろ》は信長《のぶなが》の叔母《おば》・おつやの方《かた》が守《まも》る城《しろ》ですが、「三方ヶ原《みかたがはら》の戦《たたか》い」の折《おり》、武田方《たけだがた》に攻《せ》められ、秋山信友《あきやまのぶとも》がおつやの方《かた》を妻《つま》に娶《めと》ることを条件《じょうけん》に降伏《こうふく》させ、武田《たけだ》に落《お》ちた城《しろ》です。

その際《さい》、信忠《のぶただ》の幼《おさな》い弟《おとうと》・御坊丸《ごぼうまる》を預《あず》かっていたおつやの方《かた》は、御坊丸《ごぼうまる》を武田《たけだ》に人質《ひとじち》として送《おく》ってしまったのです。信長《のぶなが》は叔母《おば》の裏切《うらぎ》りが許《ゆる》せず、なんとしてもこの城《しろ》を取《と》り戻《もど》したいと思《おも》っていたのでした。

岩村城《いわむらじょう》は堅固《けんご》な山城《やまじろ》で、霧《きり》の発生《はっせい》しやすい気象条件《きしょうじょうけん》も城《しろ》の守《まも》りに生《い》かしているので、「霧ケ《きりが》城《じょう》」とも呼《よ》ばれています。

信忠《のぶただ》はまず力攻《ちからぜ》めを行《おこな》い、激《はげ》しく城《しろ》を攻撃《こうげき》しました。

しかし、城兵《じょうへい》たちが奮戦《ふんせん》し、よく防《ふせ》いだため、なかなか落《お》とせそうにありません。

「こうなれば、長期戦《ちょうきせん》だ。兵糧《ひょうろう》が尽《つ》きれば、さすがに降伏《こうふく》するだろう」

その後《ご》、武田《たけだ》の後詰《ごづ》めを得《え》られぬまま、籠城戦《ろうじょうせん》に疲《つか》れた岩村城《いわむらじょう》は11月《がつ》に開城《かいじょう》し、降伏《こうふく》を申《もう》し出《で》た秋山《あきやま》が赦免《しゃめん》のお礼《れい》を述《の》べに、信忠《のぶただ》の本陣《ほんじん》に参上《さんじょう》しました。

実《じつ》は、秋山《あきやま》は信忠《のぶただ》と松姫《まつひめ》の婚約《こんやく》の媒酌人《ばいしゃくにん》を務《つと》めた人物《じんぶつ》です。それを覚《おぼ》えていた信忠《のぶただ》は、秋山《あきやま》にそっと訊《き》きました。

「松姫《まつひめ》は息災《そくさい》か？」

「ええ、府中《ふちゅう》におられます。今《いま》、数《かぞ》えで十五。大変《たいへん》、美《うつく》しくおなりです。慎《つつ》ましやかで、微笑《ほほえ》みはまるで花《はな》が咲《さ》きこぼれるよう……。武田《たけだ》の自慢《じまん》の姫君《ひめぎみ》でございます」

「そうか――」

思《おも》いがけず松《まつ》の様子《ようす》を聞《き》けたことに、信忠《のぶただ》が安堵《あんど》したときでした。

信長《のぶなが》から派遣《はけん》された目付《めつけ》が現《あらわ》れ、秋山《あきやま》やおつやの方《かた》を縄《なわ》にかけたのです。

「秋山殿《あきやまどの》も大叔母上《おおおばうえ》も、これから私《わたし》が審議《しんぎ》するところであったのだぞ!?」

「信忠様《のぶただざま》、信長様《のぶながさま》は此度《こたび》の城攻《しろぜ》め、大変《たいへん》ご立腹《りっぷく》です」

叔母《おば》の裏切《うらぎ》りが許《ゆる》せない信長《のぶなが》は、兵糧攻《ひょうろうぜ》めでは手《て》ぬるいと思《おも》っていたのでしょう。岐阜《ぎふ》に移送《いそう》された秋山《あきやま》とおつやの方《かた》は長良川《ながらがわ》のほとりで磔《はりつけ》の刑《けい》となり、その数日後《すうじつご》、なんとも暗《くら》い気持《きも》ちで信忠《のぶただ》も岐阜《ぎふ》に戻《もど》りました。

(大叔母上《おおおばうえ》の裏切《うらぎ》りは確《たし》かに許《ゆる》せぬが、城兵《じょうへい》を守《まも》るために致《いた》し方《かた》なく武田《たけだ》に降《くだ》っただけぞ)

磔《はりつけ》となったおつやの方《かた》は、

「おのれ、信長《のぶなが》！　おまえもいずれは無残《むざん》な死《し》を遂《と》げるであろう！」

と恨《うら》みを口《くち》にし、絶命《ぜつめい》したといいます。

ですが、信忠《のぶただ》にはさらに驚《おどろ》くことが待《ま》っていました。

11月《がつ》28日《にち》、信長《のぶなが》から織田《おだ》の家督《かとく》を譲《ゆず》られたのです。

松殿《まつどの》、秋山殿《あきやまどの》からあなたの様子《ようす》を聞《き》きました。お元気《げんき》そうで、とても安心《あんしん》しましたよ。あなたは大変美《たいへんうつく》しく慎《つつ》ましやかで、その微笑《ほほえ》みはまるで花《はな》が咲《さ》きこぼれるようだとか。武田《たけだ》の自慢《じまん》の姫君《ひめぎみ》だと聞《き》いて、私《わたし》も自分《じぶん》のことのようにうれしく思《おも》いました。

その秋山殿《あきやまどの》も、大叔母上《おおおばうえ》とともに磔《はりつけ》にされ、命《いのち》を落《お》としました。その報《しら》せも武田《たけだ》には届《とど》いているのことでしょう。やさしいあなたのこと、秋山殿《あきやまどの》の死《し》を知《し》り、とても心《こころ》を痛《いた》めていると思《おも》います。

岩村城《いわむらじょう》攻《ぜ》めは気《き》の重《おも》い結末《けつまつ》となりましたが、私《わたし》は長篠《ながしの》と岩村城《いわむらじょう》の戦《たたか》いの功績《こうせき》を称《たた》えられ、朝《ちょう》廷《てい》から秋田城介《あきたじょうのすけ》に任《にん》じられました。これは歴史《れきし》ある、大変名誉《たいへんめいよ》な役職《やくしょく》です。その上《うえ》、父《ちち》からは織田《おだ》の家督《かとく》を譲《ゆず》られ、尾張《おわり》と美濃《みの》を与《あた》えられました。

けれど、私《わたし》はまだまだ若輩者《じゃくはいもの》。

実質的《じっしつてき》な権限《けんげん》は、未《いま》だ父《ちち》・信長《のぶなが》の手《て》にあります。

本当《ほんとう》の意味《いみ》で一人前《いちにんまえ》になれば、あなたを迎《むか》えに行《い》ける日《ひ》が来《く》るだろうか——。

❖信長《のぶなが》は気前《きまえ》がよかった？❖

天正《てんしょう》3年《ねん》（1575年《ねん》）11月《がつ》28日《にち》、信長《のぶなが》は織田《おだ》の家督《かとく》を、嫡男《ちゃくなん》・信忠《のぶただ》に譲《ゆず》りました。その際《さい》、本《ほん》拠《きょ》の岐阜城《ぎふじょう》と、尾張《おわり》・美濃《みの》の二国《こく》を、わずか十八歳《さい》の信忠《のぶただ》にあっさり渡《わた》しています。このとき、信長《のぶなが》は四十二歳《さい》。信長自身《のぶながじしん》、父《ちち》・信秀《のぶひで》の死《し》により家督《かとく》を継《つ》いだのは十九歳《さい》のときでしたので、「若《わか》いうちから鍛《きた》えておこう」という信長《のぶなが》なりの帝王学《ていおうがく》だったのかも。

信長《のぶなが》は茶道具《ちゃどうぐ》を大事《だいじ》に抱《かか》え、重臣《じゅうしん》・佐久間信盛《さくまのぶもり》の屋敷《やしき》にさっさと引《ひ》っ込《こ》んだとか。翌年《よくとし》には安《あ》土城《づちじょう》が完成《かんせい》するので、天下布武《てんかふぶ》を掲《かか》げる信長《のぶなが》は、東《ひがし》の抑《おさ》えを信忠《のぶただ》に任《まか》せたことになります。

家督《かとく》を譲《ゆず》られた際《さい》、信忠《のぶただ》は信長《のぶなが》から日本《にほん》三大仇討《だいあだうち》で知《し》られる曾我兄弟《そがきょうだい》ゆかりの名刀《めいとう》「星切《ほしきり》」を与《あた》えられ、「京都御馬揃《きょうとおうまぞろ》え」（天正《てんしょう》9年《ねん》／1581年《ねん》）では若手《わかて》で構成《こうせい》された御連枝《ごれんし》のトップバッターを務《つと》めたことからも、嫡男《ちゃくなん》に期待《きたい》を寄《よ》せる信長《のぶなが》の父親《ちちおや》ぶりが伝《つた》わってきますよね。

しかし、偉大《いだい》な父《ちち》・信長《のぶなが》は、やることが派手《はで》。〝魅《み》せる城《しろ》〟安土城《あづちじょう》の建設《けんせつ》、将軍《しょうぐん》を京《きょう》から追放《ついほう》する……などなど。信長《のぶなが》のインパクトが強《つよ》すぎるため、信忠《のぶただ》に家督《かとく》が移《うつ》ったのをイメージしにくいんですよね（笑《わらい》）。

2　妹《いもうと》・菊姫《きくひめ》との別《わか》れ――天正《てんしょう》7年《ねん》（1579年《ねん》）――

天正《てんしょう》4年《ねん》（1576年《ねん》）4月《がつ》16日《にち》。

躑躅《つつじ》ヶ崎館《がさきやかた》にて、信玄《しんげん》の葬儀《そうぎ》が盛大《せいだい》に行《おこな》われました。

葬儀《そうぎ》を終《お》えたあと、安置《あんち》してあった信玄《しんげん》の棺《ひつぎ》は躑躅《つつじ》ヶ崎館《がさきやかた》から運《はこ》び出《だ》され、野辺送《のべおく》りの行列《ぎょうれつ》はしずしずと、館《やかた》に近《ちか》い岩窪《いわくぼ》の地《ち》へと運《はこ》ばれていきました。

沿道《えんどう》には多《おお》くの民《たみ》が集《あつ》まり、偉大《いだい》な国主《こくしゅ》であった信玄《しんげん》の死《し》を悼《いた》み、涙《なみだ》しました。

（父上《ちちうえ》が亡《な》くなって、三年経《ねんた》ったのね……）

松《まつ》も、妹《いもうと》の菊《きく》や姉《あね》の清姫《きよひめ》、真理姫《まりひめ》とともに手《て》を合《あ》わせ、父《ちち》の冥福《めいふく》を祈《いの》りました。

（父上《ちちうえ》、どうか四郎兄様《しろうにいさま》を支《ささ》えてあげてください。「長篠《ながしの》の戦《たたか》い」で多《おお》くの将《しょう》たちを亡《な》くして以来《いらい》、とても苦労《くろう》なさっています）

あの世《よ》にいる信玄《しんげん》に語《かた》りかけてから、松《まつ》はいつものように心《こころ》のなかで信忠《のぶただ》への手紙《てがみ》を綴《つづ》りました。

信忠様《のぶただざま》、今日《きょう》は父上《ちちうえ》の死《し》を悼《いた》んで、大勢《おおぜい》の民《たみ》が集《あつ》まってきました。皆《みな》、元気《げんき》だった頃《ころ》の父《ちち》を思《おも》い、泣《な》いていました。改《あらた》めて、父《ちち》・信玄《しんげん》は民《たみ》のことを考《かんが》えた偉大《いだい》な国主《こくしゅ》であったのだと、わたしは思《おも》いました。

でも、その父上《ちちうえ》はもうこの世《よ》にいません。後《あと》を継《つ》いだ四郎兄様《しろうにいさま》は、家中《かちゅう》をまとめるのに大変《たいへん》な思《おも》いをされています。信忠様《のぶただざま》も似《に》たような思《おも》いをされているのではないですか？　偉大《いだい》な父《ちち》を持《も》つご苦労《くろう》をお察《さっ》しいたします。

今夜《こんや》も月《つき》を見上《みあ》げながら、あなた様《さま》のご武運《ぶうん》をお祈《いの》りいたしたく思《おも》います。


翌年《よくとし》の天正《てんしょう》5年《ねん》（1577年《ねん》）1月《がつ》22日《にち》。

「甲相同盟《こうそうどうめい》」の証《あかし》として、相模《さがみ》の北条氏政《ほうじょううじまさ》の妹姫《いもうとひめ》が勝頼《かつより》のもとへ嫁《とつ》いできました。十七歳《さい》の松《まつ》や十五歳《さい》の菊《きく》よりも年下《としした》の、十四歳《さい》の姫《ひめ》です。

「かわいらしい方《かた》ね」

「義姉《あね》になる方《かた》だけど、なんだか妹《いもうと》ができたみたい」

心中複雑《しんちゅうふくざつ》といった感《かん》じで笑《わら》う菊《きく》を見《み》て、松《まつ》も微笑《ほほえ》みます。

(北条《ほうじょう》が四郎兄様《しろうにいさま》の力《ちから》になってくれるなら、心強《こころづよ》いわね)

「松《まつ》、菊《きく》、そなたたちは姫《ひめ》と年《とし》が近《ちか》い。私《わたし》の妻《つま》をなにかと気《き》にかけてやってほしい」

そういう勝頼《かつより》は数《かぞ》えで三十二。新妻《にいづま》とは十八歳差《さいさ》。親子《おやこ》ほど年《とし》が離《はな》れています。

「おまかせください、四郎兄様《しろうにいさま》」

「ええ、わたしたち、今日《きょう》から三姉妹《しまい》よ。わたしたちは姫《ひめ》の義妹《いもうと》ですけれども、年《とし》は上《うえ》。ですので姉《あね》ができたと思《おも》って、頼《たよ》ってくださいましね」

ちょっと偉《えら》そうに菊《きく》が言《い》うので、松《まつ》は「まあ」と目《め》を丸《まる》くしました。菊《きく》は末《すえ》の妹《いもうと》なので、本《ほん》当《とう》に妹《いもうと》ができたみたいでうれしいのでしょう。

妹《いもうと》ふたりの気遣《きづか》いに、勝頼《かつより》も微笑《ほほえ》みます。

「姫《ひめ》、そういうことですから、私《わたし》の妹《いもうと》たちと仲良《なかよ》くしてくださいね」

「はい、ふつつか者《もの》ではございますが、皆様《みなさま》、どうぞよろしくお願《ねが》いします」

慎《つつ》ましく頭《あたま》を下《さ》げた姫《ひめ》は、こののち北条夫人《ほうじょうふじん》と呼《よ》ばれるようになりました。

けれど、こうして新《あたら》しい家族《かぞく》を迎《むか》えたのち――。

松《まつ》は大事《だいじ》な家族《かぞく》と、離《はな》れ離《ばな》れにならなければならなくなったのです。


それは、越後《えちご》での出来事《できごと》でした。

天正《てんしょう》6年《ねん》（1578年《ねん》）3月《がつ》13日《にち》、上杉謙信《うえすぎけんしん》が急死《きゅうし》したのです。

「生涯不犯《しょうがいふぼん》」を貫《つらぬ》いた謙信《けんしん》は結婚《けっこん》しておらず、妻《つま》も子《こ》もいません。そのため、養子《ようし》をもらっていたのですが、その養子《ようし》の間《あいだ》で跡目争《あとめあらそ》いが勃発《ぼっぱつ》しました。

養子《ようし》のひとりは謙信《けんしん》の甥《おい》・景勝《かげかつ》、もうひとりは北条《ほうじょう》から人質《ひとじち》として差《さ》し出《だ》されていた氏政《うじまさ》の弟《おとうと》・景虎《かげとら》です。

景虎《かげとら》は北条夫人《ほうじょうふじん》の兄《あに》、つまりは勝頼《かつより》にとって義理《ぎり》の兄《あに》にあたります。

翌《よく》4月《がつ》、氏政《うじまさ》は勝頼《かつより》に対《たい》し、景虎《かげとら》を支援《しえん》するよう援軍《えんぐん》を依頼《いらい》してきました。

勝頼《かつより》はそれに応《こた》え、5月下旬《がつげじゅん》、従兄弟《いとこ》の武田信豊《たけだのぶとよ》に二万《まん》の大軍《たいぐん》をつけて越後《えちご》へ向《む》かわせ、信濃《しなの》と越後《えちご》の国境《くにざかい》に布陣《ふじん》させました。

けれど、敵方《てきがた》の景勝《かげかつ》が、ここで意外《いがい》な手《て》に打《う》って出《で》てきました。側近《そっきん》の直江兼続《なおえかねつぐ》の進言《しんげん》に則《のっと》り、勝頼《かつより》に同盟《どうめい》を結《むす》ぶことを提案《ていあん》してきたのです。

「武田《たけだ》が間《あいだ》に入《はい》るというなら、景虎《かげとら》との和睦《わぼく》に応《おう》じよう」

そして、まだ妻《つま》のいない景勝《かげかつ》は武田《たけだ》の姫《ひめ》を娶《めと》ることを申《もう》し出《で》、黄金五百両《おうごんひゃくりょう》という破格《はかく》の金《かね》を贈《おく》ることと、謙信《けんしん》の死後《しご》・北条《ほうじょう》が占領《せんりょう》した沼田《ぬまた》を武田《たけだ》が領有《りょうゆう》することを了承《りょうしょう》するという条件《じょうけん》を提示《ていじ》してきました。

これを飲《の》んだ勝頼《かつより》は、6月《がつ》のある日《ひ》、松《まつ》を呼《よ》び出《だ》しました。

「松《まつ》、越後《えちご》に行《い》ってくれないか」

「越後《えちご》へ？」

「武田《たけだ》は上杉景勝《うえすぎかげかつ》と同盟《どうめい》を結《むす》ぶことになった。そこで景勝《かげかつ》に嫁《とつ》いでもらいたいのだ」

「わたしが……ですか？」

松《まつ》は驚《おどろ》きで目《め》をみはりました。信忠《のぶただ》との婚約《こんやく》が破《やぶ》れてから、どこかへ嫁《よめ》に行《い》くという考《かんが》えが頭《あたま》の中《なか》にまったくなかったのです。

武田《たけだ》のためになることなら承知《しょうち》せねばならないと頭《あたま》ではわかっているのですが、信忠《のぶただ》を慕《した》う気持《きも》ちがふくれ上《あ》がり、松《まつ》はすぐに返答《へんとう》できません。

(四郎兄様《しろうにいさま》のお役《やく》に立《た》ちたいけれど……でも、でも……わたしは)

うつむいて、目《め》をぎゅっとつむったそのとき、

「四郎兄様《しろうにいさま》、わたしが行《い》きます！」

と菊《きく》が割《わ》って入《はい》ってきました。

「わたし、前《まえ》から越後《えちご》に興味《きょうみ》があったんです。だから、わたしが行《い》きます」

「いや、しかし——」

「上杉《うえすぎ》には兄様《にいさま》の妹《いもうと》が嫁《よめ》に行《い》けばいいのでしょう？　なら、わたしでもいいではありませんか」

菊《きく》の勢《いきお》いに押《お》された勝頼《かつより》は、「あ、ああ」とうなずきました。

「菊《きく》が行《い》くというなら、私《わたし》はそれでいいのだが」

「では、決《き》まりですね！　そうと決《き》まれば、お嫁入《よめい》りの支度《したく》をしなくては。姉上《あねうえ》、手伝《てつだ》ってください」

菊《きく》はそう言《い》って松《まつ》の手《て》を引《ひ》き、廊下《ろうか》に出《で》ました。

そうして、菊《きく》の部屋《へや》に行《い》き、ふたりきりになると菊《きく》は松《まつ》がなにか言《い》う前《まえ》に、にっこりと笑《わら》ってみせました。

「お嫁入《よめい》りが決《き》まってよかった〜。わたし、このまま行《い》き遅《おく》れたら、どうしようかと思《おも》っていたの」

けれど、それは空元気《からげんき》だということは、松《まつ》にはよくわかっていました。越後《えちご》に興味《きょうみ》があったなんて、嘘《うそ》に決《き》まっています。

「菊《きく》……本当《ほんとう》にいいの？」

「ええ、いいのよ。わたし、兄上《あにうえ》のお役《やく》に立《た》ちたいとずっと思《おも》っていたの。だから、いい機会《きかい》だわ」

だから大丈夫《だいじょうぶ》よ、と微笑《ほほえ》んで、菊《きく》は松《まつ》の手《て》を取《と》りました。

「姉上《あねうえ》は武田《たけだ》を離《はな》れてはだめよ。結婚《けっこん》の約束《やくそく》は破《やぶ》れてしまったけれど、生《い》きている限《かぎ》り、信忠《のぶただ》様《さま》にお会《あ》いする機会《きかい》はきっとあると思《おも》うの。でも、姉上《あねうえ》がどこかに嫁《とつ》いでしまったら、それは叶《かな》わなくなるわ」

「菊《きく》……！」

「これから忙《いそが》しくなるわね。あ、でも――」

菊《きく》はここで顔《かお》を曇《くも》らせました。

北条夫人《ほうじょうふじん》は景勝《かげかつ》と家督《かとく》を争《あらそ》っている景虎《かげとら》の妹《いもうと》です。和睦《わぼく》の仲介《ちゅうかい》を請《う》け負《お》ったとはいえ、夫《おっと》である勝頼《かつより》が兄《あに》ではなく、敵方《てきがた》についたことをどう思《おも》うか……。

ふたりは心配《しんぱい》しましたが、北条夫人《ほうじょうふじん》は気丈《きじょう》にも「菊姫様《きくひめさま》のお嫁入《よめい》りのお支度《したく》は、私《わたし》が取《と》り仕《し》切《き》ります」と言《い》いました。

「私《わたし》は武田《たけだ》の人間《にんげん》です。旦那様《だんなさま》がお決《き》めになったことに否《いな》やは申《もう》しません」

十五歳《さい》の姫《ひめ》がきっぱりと言《い》い切《き》った姿《すがた》に、勝頼《かつより》は深《ふか》く感《かん》じ入《い》りました。

「姫《ひめ》……私《わたし》はそなたを生涯大切《しょうがいたいせつ》にすると誓《ちか》おう」

「勝頼様《かつよりさま》……」

夫婦《ふうふ》の絆《きずな》は固《かた》いものとなり、松《まつ》も菊《きく》も安心《あんしん》し――。

翌年《よくとし》の天正《てんしょう》7年《ねん》（1579年《ねん》）10月《がつ》、菊《きく》は越後《えちご》へと旅立《たびだ》ちました。

信忠様《のぶただざま》、妹《いもうと》の菊《きく》が越後《えちご》の上杉《うえすぎ》へ、お嫁《よめ》に行《い》きました。

思《おも》えば菊《きく》が生《う》まれたときから、わたしたち姉妹《しまい》はずっと一緒《いっしょ》でした。母上《ははうえ》が亡《な》くなったときも、父上《ちちうえ》が亡《な》くなったときも、いつもそばにいたのは菊《きく》でした。菊《きく》がいなくなって、わたしはまるで自分《じぶん》の半身《はんしん》をもぎ取《と》られたような気持《きも》ちになっています。

信忠様《のぶただざま》はまだ子《こ》どもの頃《ころ》に妹君《いもうとぎみ》が他国《たこく》に嫁《とつ》がれて、お別《わか》れしましたよね？　そのとき、どんなお気持《きも》ちだったのでしょう。やはりさみしかったですか？　わたしはとてもさみしいです。でも、菊《きく》を越後《えちご》へ行《い》かせてしまったのは、わたしです。あなた様《さま》といつか会《あ》える日《ひ》を夢見《ゆめみ》るわたしのために、あの子《こ》は越後《えちご》へ行《い》きました。わたしは妹《いもうと》のやさしさに甘《あま》えたのです。わたしはひどい姉《あね》です。

上杉景勝様《うえすぎかげかつさま》が良《よ》いお方《かた》でありますように。菊《きく》をやさしく迎《むか》え入《い》れてくれますように。菊《きく》がしあわせに暮《く》らせますように……。

わたしが姉《あね》としてできるのは、そう祈《いの》ることだけです。

❖菊姫《きくひめ》も婚約者《こんやくしゃ》と悲《かな》しい別《わか》れをしていた？❖

松姫《まつひめ》の妹《いもうと》・菊姫《きくひめ》。実《じつ》は彼女《かのじょ》には婚約者《こんやくしゃ》と死別《しべつ》したという説《せつ》があります。

菊姫《きくひめ》の婚約《こんやく》は、元亀《げんき》2年《ねん》（1571年《ねん》）。伊勢長島《いせながしま》は顕証寺《けんしょうじ》の法真《ほうしん》の息子《むすこ》、法栄《ほうえい》だと言《い》われています。

信玄《しんげん》は水軍《すいぐん》を得《え》るべくこの同盟《どうめい》を結《むす》んだようですが、その二年後《ねんご》、信玄亡《しんげんな》きあとの天正《てんしょう》2年《ねん》（1574年《ねん》）9月《がつ》、「伊勢長島一向一揆《いせながしまいっこういっき》」を信長《のぶなが》が鎮圧《ちんあつ》したことにより、顕証寺《けんしょうじ》も滅《ほろ》びました。法栄《ほうえい》は助《たす》けを求《もと》めに躑躅ヶ崎館《つつじがさきやかた》を訪《たず》ねてきましたが、寺《てら》が滅《ほろ》んだことを知《し》ると、食《しょく》を断《た》って餓死《がし》の道《みち》を選《えら》び、亡《な》くなったそうです。

顕証寺《けんしょうじ》の伝説《でんせつ》のひとつに、菊姫《きくひめ》も寺《てら》に籠《こ》もり、織田軍《おだぐん》に攻《せ》められて亡《な》くなったという話《はなし》があるそうですが、実際《じっさい》は上杉景勝《うえすぎかげかつ》に嫁《とつ》いでいます。

菊姫《きくひめ》は慶長《けいちょう》9年《ねん》（1604年《ねん》）2月《がつ》16日《にち》、武田滅亡後《たけだめつぼうご》、菊姫《きくひめ》を頼《たよ》って上杉《うえすぎ》へ来《き》た異母弟《おとうと》の信清《のぶきよ》（信玄《しんげん》の七男《なん》。母《はは》は禰津御寮人《ねづごりょうにん》）に看取《みと》られ、京《きょう》で亡《な》くなりました。松姫《まつひめ》より十二年《ねん》も早《はや》い死《し》でした。

斜《しゃ》陽《よう》の章《しょう》

1　躑躅《つつじ》ヶ《が》崎館《さきやかた》を離《はな》れる――天正《てんしょう》9年《ねん》（1581年《ねん》）――

菊《きく》が嫁《とつ》ぐ前《まえ》の天正《てんしょう》7年《ねん》（1579年《ねん》）3月《がつ》24日《か》。越後《えちご》では景虎《かげとら》が自害《じがい》し、上杉《うえすぎ》の家督争《かとくあらそ》い「御館《おたて》の乱《らん》」は終結《しゅうけつ》し、景勝《かげかつ》が亡《な》き謙信《けんしん》の後継《あとつ》ぎとなりました。

しかし、これにより武田《たけだ》と北条《ほうじょう》の関係《かんけい》は悪化《あっか》し、勝頼《かつより》は家康《いえやす》、信長《のぶなが》、そして関東《かんとう》の北条《ほうじょう》と三方《さんぽう》を敵《てき》に回《まわ》す状態《じょうたい》となったのです。

天正《てんしょう》8年《ねん》（1580年《ねん》）5月《がつ》には、北条氏政《ほうじょううじまさ》の弟《おとうと》・氏照《うじてる》が甲斐《かい》の南《みなみ》――都留郡《つるぐん》に侵入《しんにゅう》。武田《たけだ》軍《ぐん》はこれを撃退《げきたい》しましたが、勝頼《かつより》が家督《かとく》を継《つ》いで以来《いらい》、甲斐本国《かいほんごく》に敵《てき》の侵入《しんにゅう》を許《ゆる》したのは初《はじ》めてのことでしたので、躑躅《つつじ》ヶ《が》崎館《さきやかた》には衝撃《しょうげき》が走《はし》りました。

そして、天正《てんしょう》9年《ねん》（1581年《ねん》）1月《がつ》、勝頼《かつより》は韮崎《にらさき》に新《あたら》しい城《しろ》を作《つく》ることにしました。躑躅《つつじ》ヶ《が》崎館《さきやかた》は防備《ぼうび》に向《む》いていないため、武田《たけだ》の本拠《ほんきょ》を移《うつ》すことにしたのです。

その約《やく》二か月後《げつご》の3月《がつ》22日《にち》、武田《たけだ》がさらに追《お》い詰《つ》められる出来事《できごと》が起《お》こりました。以前《いぜん》から徳川《とくがわ》が奪還《だっかん》を狙《ねら》い、幾度《いくたび》も攻《せ》められていた高天神城《たかてんじんじょう》がついに落城《らくじょう》したのです。援軍《えんぐん》を送《おく》れなかった勝頼《かつより》は、各地《かくち》に散《ち》らばる家臣《かしん》たちの信頼《しんらい》を失《うしな》ってしまいました。

(四郎兄様《しろうにいさま》、おつらそう……なのに、わたしはお役《やく》に立《た》つことができない)

勝頼《かつより》のそばには北条夫人《ほうじょうふじん》がいますし、松《まつ》と母《はは》を同《おな》じくする兄《あに》たちは武田《たけだ》のために甲冑《かっちゅう》を着《き》て戦《たたか》っています。

無力感《むりょくかん》を味《あじ》わっていた松《まつ》のところに、ある日《ひ》、こんな噂《うわさ》が聞《き》こえてきました。

信忠《のぶただ》は二、三年前《ねんまえ》に側室《そくしつ》を迎《むか》え、昨年《さくねん》、男子《だんし》(三法師《さんぽうし》)が生《う》まれたというのです。信忠《のぶただ》は織《お》田《だ》の嫡男《ちゃくなん》。早《はや》く子《こ》を生《な》さなければならない立場《たちば》なので、周《まわ》りが放《ほう》っておくはずがないのです。

(いつか、こんな日《ひ》がくるとは思《おも》っていたけれど……)

武田《たけだ》と織田《おだ》の同盟《どうめい》が破綻《はたん》しなかったら、今頃《いまごろ》、織田《おだ》に嫁《とつ》いでいたかもしれない。そして、信《のぶ》忠《ただ》との間《あいだ》にできた子《こ》を、この腕《うで》に抱《だ》いていたかもしれない——そう思《おも》うと、とてもせつなくなります。

(なにもかもが、もう遠《とお》い夢《ゆめ》なのね……)

父《ちち》も母《はは》ももうこの世《よ》にはおらず、いつも一緒《いっしょ》にいた菊《きく》は越後《えちご》にいます。

心《こころ》の中《なか》で信忠《のぶただ》を想《おも》うことで、松《まつ》は孤独《こどく》を慰《なぐさ》めてきたのですが——。

（もう、それもやめなければ）

けれど、好《す》きな人《ひと》に妻《つま》と子《こ》ができたと知《し》っても、想《おも》いというものはなかなか断《た》ち切《き》るのは難《むずか》しく……松《まつ》は人知《ひとし》れず、月《つき》を眺《なが》めては涙《なみだ》に暮《く》れるのでした。


天正《てんしょう》9年《ねん》（1581年《ねん》）11月《がつ》、勝頼《かつより》はかって岩村城《いわむらじょう》から人質《ひとじち》に取《と》っていた信長《のぶなが》の五男《なん》・御坊《ごぼう》丸《まる》を織田《おだ》に返《かえ》し、信長《のぶなが》と和睦《わぼく》するよう画策《かくさく》しましたが、時《とき》すでに遅《おそ》く、信長《のぶなが》は交渉《こうしょう》に応《おう》じませんでした。

（やはり、織田《おだ》は甲斐《かい》へと攻《せ》めてくるつもりか）

翌《よく》12月《がつ》、勝頼《かつより》は一族《いちぞく》を引《ひ》き連《つ》れ、躑躅ヶ崎館《つつじがさきやかた》を去《さ》ることにしました。まだ完成《かんせい》していない韮《にら》崎《さき》の新《あたら》しい城《しろ》に移《うつ》ることにしたのです。武田《たけだ》の新《あたら》しい拠点《きょてん》ということで、そこは新府城《しんぷじょう》と呼《よ》ばれ、対《たい》して躑躅ヶ崎館《つつじがさきやかた》のある府中《ふちゅう》は古府中《こふちゅう》と呼《よ》ばれることになりました。

韮崎《にらさき》へ移《うつ》る前《まえ》の晩《ばん》、松《まつ》は大切《たいせつ》にしまっておいた信忠《のぶただ》からの贈《おく》り物《もの》や手紙《てがみ》を、すべて燃《も》やすことにしました。

（信忠様《のぶただざま》っ……）

勝頼《かつより》の妹《いもうと》が敵将《てきしょう》を想《おも》って泣《な》いていると言《い》われたら大変《たいへん》ですので、松《まつ》は涙《なみだ》を堪《こら》え、黙《だま》ってそれをやり遂《と》げました。

そうして、12月《がつ》24日《か》。

武田勝頼《たけだかつより》の一行《いっこう》は躑躅《つつじ》ヶ崎館《がさきやかた》をあとにし、新府城《しんぷじょう》へ向《む》かいました。もちろん、その中《なか》には松《まつ》の乗《の》る駕籠《かご》もあります。

沿道《えんどう》には見送《みおく》りの民《たみ》がたくさん詰《つ》めかけ、武田家《たけだけ》との別《わか》れを惜《お》しんでいました。

（躑躅《つつじ》ヶ崎《がさき》を離《はな》れる日《ひ》がくるなんて……）

生《う》まれたときから今《いま》までずっと暮《く》らしてきた場所《ばしょ》から離《はな》れることは、とてもさみしいものがあり――。

（父上《ちちうえ》、母上《ははうえ》……！）

ここには、松《まつ》の愛《あい》した人《ひと》たちがたくさんいました。

信玄《しんげん》、油川夫人《あぶらかわふじん》、三条《さんじょう》の方《かた》、義信《よしのぶ》、梅姫《うめひめ》、菊《きく》――。

つらいことも多々《たた》ありましたが、家族《かぞく》との大切《たいせつ》な思《おも》い出《で》もすべて置《お》いて行《い》かなければならないような気《き》がして、駕籠《かご》の中《なか》で松《まつ》は袖《そで》を口元《くちもと》に当《あ》て、嗚咽《おえつ》を抑《おさ》えました。

（さようなら……さようなら、わたしの大切《たいせつ》な人《ひと》たち）

そうして、松《まつ》は勝頼《かつより》や北条夫人《ほうじょうふじん》たちとともに、新府城《しんぷじょう》に住《す》むことになったのです。

年《とし》が明《あ》けて、天正《てんしょう》10年《ねん》（1582年《ねん》）。

新府城《しんぷじょう》にて新年《しんねん》を祝《いわ》う宴《うたげ》が、親族《しんぞく》だけで行《おこな》われました。

三年前《ねんまえ》の天正《てんしょう》7年《ねん》（1579年《ねん》）に元服《げんぷく》した勝頼《かつより》の息子《むすこ》・信勝《のぶかつ》は今《いま》、十六歳《さい》。顔立《かおだ》ちは勝頼《かつより》に似《に》ていますが、今《いま》は亡《な》き生母《せいぼ》・遠山姫《とおやまひめ》の面影《おもかげ》もありました。

（遠山姫《とおやまひめ》が生《い》きていらしたら……）

でも、その遠山姫《とおやまひめ》が亡《な》くなったために、松《まつ》は信忠《のぶただ》と婚約《こんやく》したのです。その当時《とうじ》は意味《いみ》がわ

かっていませんでしたが――。

(信忠様《のぶただきま》と婚約《こんやく》しなければ、わたしは今頃《いまごろ》、どこかに嫁《とつ》いでいたのかしら)

ふとそんなことを考《かんが》えてみましたが、想像《そうぞう》がつきません。信忠《のぶただ》とのしあわせな結婚生活《けっこんせいかつ》に、ずっと胸《むね》をふくらませてきたせいでしょうか――。

うつむく松《まつ》のそばに、兄《あに》の仁科五郎信盛《にしなごろうのぶもり》(天正《てんしょう》9年《ねん》/1581年《ねん》に盛信《もりのぶ》から改名《かいめい》)がやってきました。

「松《まつ》、新年《しんねん》おめでとう」

「おめでとうございます、五郎兄様《ごろうにいさま》」

「そちは、いくつになった?」

「わたしは数《かぞ》えで二十二歳《さい》になりました」

「そうか、どうりで大《おお》きくなったわけだ。昔《むかし》はあんなに小《ちい》さかったのにな」

「もうっ、兄様《にいさま》。いつまでも子《こ》ども扱《あつか》いしないでください」

松《まつ》は笑《わら》って信盛《のぶもり》を見《み》ました。他愛《たあい》もない会話《かいわ》ですが、兄《あに》の気遣《きづか》いが感《かん》じられて、それがうれしかったのです。

すると、信盛《のぶもり》が意外《いがい》なことを提案《ていあん》してきました。

「松《まつ》、俺《おれ》の城《しろ》へ来《こ》ないか」

「えっ、高遠《たかとお》へ、ですか？」

天正《てんしょう》9年《ねん》（1581年《ねん》）5月《がつ》、信盛《のぶもり》は勝頼《かつより》の命《めい》で、織田《おだ》と徳川《とくがわ》の攻撃《こうげき》に備《そな》えるため、信濃《しなの》の高遠城《たかとおじょう》へ移《うつ》っています。

「ああ、俺《おれ》の娘《むすめ》の面倒《めんどう》を見《み》てくれないか。生《う》まれつき身体《からだ》が弱《よわ》くてな。話《はな》し相手《あいて》がほしいと思《おも》っていたところだったんだ」

それも本当《ほんとう》かもしれませんが、押《お》し付《つ》けがましくならないように、信盛《のぶもり》がそう言《い》ってくれたのが、松《まつ》にはわかりました。母《はは》を同《おな》じくする兄《あに》のそばにいたほうが、気兼《きが》ねなく過《す》ごせるだろう、と信盛《のぶもり》は思《おも》ったのでしょう。

「兄上《あにうえ》には俺《おれ》から話《はなし》をする。俺《おれ》のところへ来《こ》い。な？」

「はい……。五郎兄様《ごろうにいさま》、ありがとうございます」

勝頼《かつより》には信盛《のぶもり》のほうから話《はなし》を通《とお》してくれ、翌正月《よくしょうがつ》2日《か》、高遠《たかとお》へ戻《もど》る信盛《のぶもり》とともに、松《まつ》は新府《しんぷ》城《じょう》を去《さ》ることになりました。

「松《まつ》、身体《からだ》を厭《いと》えよ」

「四郎兄様《しろうにいさま》、今《いま》までありがとうございました……」

「松姫様《まつひめさま》と離《はな》れるのは、とてもさみしゅうございますが……。どうぞお元気《げんき》で」

「義姉上《あねうえ》、四郎兄様《しろうにいさま》をどうぞよろしくお願《ねが》いします」

信盛《のぶもり》についていくと決《き》めたものの、勝頼《かつより》たちと離《はな》れるのは、やはりさみしいものがありますが――。

勝頼《かつより》と北条夫人《ほうじょうふじん》に涙《なみだ》ながらに別《わか》れのあいさつをしてから、松《まつ》は信盛《のぶもり》とともに高遠城《たかとおじょう》へ向《む》かいました。

❖躑躅《つつじ》ケ《が》崎館《さきやかた》について❖

信虎《のぶとら》、信玄《しんげん》、勝頼《かつより》の三代《だい》、六十二年《ねん》にわたり、武田《たけだ》の本拠《ほんきょ》だった躑躅《つつじ》ケ《が》崎館《さきやかた》。これは信玄《しんげん》の父《ちち》・信虎《のぶとら》が建《た》てたものです。

それまで、武田《たけだ》は石和《いさわ》付近《ふきん》の地《ち》を転々《てんてん》として居《きょ》を移《うつ》してきましたが、信虎《のぶとら》の代《だい》で躑躅《つつじ》ケ《が》崎《さき》の地《ち》に本拠《ほんきょ》を作《つく》ることを決《き》め、永正《えいしょう》16年《ねん》（1519年《ねん》）、8月《がつ》に着工《ちゃっこう》。その年《とし》の12月《がつ》には正室《せいしつ》の大井《おおい》夫人《ふじん》（信玄《しんげん》の生母《せいぼ》）が建設《けんせつ》途中《とちゅう》ではあるものの館《やかた》に移《うつ》り、家臣《かしん》たちも続々《ぞくぞく》と移動《いどう》。館《やかた》の南部《なんぶ》に城下町《じょうかまち》が形成《けいせい》されました。幾度《いくたび》か火事《かじ》に見舞《みま》われ、信玄《しんげん》の代《だい》で再整備《さいせいび》した際《さい》、室町幕府《むろまちばくふ》第《だい》三代将軍《だいしょうぐん》・足利義満《あしかがよしみつ》の建《た》てた「花《はな》の御所《ごしょ》」を意識《いしき》して作《つく》られたと言《い》われています。

勝頼《かつより》は新府城《しんぷじょう》へ移《うつ》る際《さい》、金銀《きんぎん》をちりばめた装具《そうぐ》で輿《こし》や馬《うま》を美《うつく》しく飾《かざ》り、たくさんの供《とも》を騎馬《きば》で随行《ずいこう》させ、武田《たけだ》の権威《けんい》は落《お》ちていないということをアピールしたそうで、躑躅《つつじ》ケ《が》崎館《さきやかた》に未練《みれん》を残《のこ》さぬよう、徹底的《てっていてき》に破壊《はかい》し、敷地内《しきちない》にあった名木《めいぼく》もすべて切《き》り倒《たお》したとか。

躑躅《つつじ》ケ《が》崎館《さきやかた》があった地《ち》には、現在《げんざい》、武田神社《たけだじんじゃ》があり、境内《けいだい》にある宝物殿《ほうもつでん》では武田家《たけだけ》に関《かん》する様々《さまざま》な史料《しりょう》を見《み》ることができます。

2 武田滅亡《たけだめつぼう》――天正《てんしょう》10年《ねん》（1582年《ねん》）――

新府城《しんぷじょう》を出《で》て三日後《みっかご》、松《まつ》は信濃《しなの》の高遠城《たかとおじょう》に到着《とうちゃく》。

姪《めい》の督姫《とくひめ》ともすぐに仲良《なかよ》くなり、高遠《たかとお》での暮《く》らしは穏《おだ》やかに過《す》ぎて行《い》きました。

そんなある日《ひ》、松《まつ》は信盛《のぶもり》からこう訊《き》かれました。

「松《まつ》、おまえは嫁《よめ》に行《い》く気《き》はないのか？」

「ええ、まったく。今《いま》は督姫《とくひめ》から離《はな》れたくありません」

松《まつ》が明《あか》るく言《い》いますと、反対《はんたい》に信盛《のぶもり》は苦《にが》い顔《かお》になりました。

「そう言《い》ってくれるのはありがたいが……。まだ、織田信忠《おだのぶただ》のことを想《おも》っているのか？」

「……――」

松《まつ》が答《こた》えられずに黙《だま》っていますと、

「貞女《ていじょ》は二夫《にふ》にまみえず、というが……おまえの心《こころ》は昔《むかし》から信忠《のぶただ》のもとにあるのだな」

そうして、しばらくして――。武田家《たけだけ》を揺《ゆ》るがす大事件《だいじけん》が起《お》きました。1月下旬《がつげじゅん》、親戚衆《しんせきしゅう》の木曾義昌《きそよしまさ》が裏切《うらぎ》り、織田《おだ》についたという報《しら》せが高遠城《たかとおじょう》に届《とど》いたのです。

「義昌殿《よしまさどの》は、我《われ》らの姉《あね》、真理姫《まりひめ》の夫《おっと》ではないか！」

(織田《おだ》が攻《せ》めてくるのは、時間《じかん》の問題《もんだい》か)

そう考《かんが》えた信盛《のぶもり》は松《まつ》を呼《よ》び、義兄《あに》の裏切《うらぎ》りを告《つ》げるとこう言《い》いました。

「松《まつ》、おまえはここから逃《に》げよ」

「五郎兄様《ごろうにいさま》、でも――」

「おまえはかつて織田信忠《おだのぶただ》と婚約《こんやく》していた。それもあって、家臣《かしん》の中《なか》には織田《おだ》と通《つう》じているのではないかと疑《うたが》っている者《もの》もいる」

その者《もの》たちが逆上《ぎゃくじょう》して、いつ松《まつ》を成敗《せいばい》すると言《い》い出《だ》さないとも限《かぎ》りません。

「いずれ織田《おだ》が攻《せ》めてくる。俺《おれ》はここで食《く》い止《と》めるつもりだ。しかし、妹《いもうと》のおまえや幼《おさな》い姫《ひめ》を道連《みちづ》れにするのは忍《しの》びない。督姫《とくひめ》を助《たす》けてほしい」

「五郎兄様《ごろうにいさま》……わかりました。必《かなら》ずや督姫《とくひめ》を守《まも》ります」

「古府中《こふちゅう》に向《む》かい、御聖道様《おしょうどうさま》を頼《たよ》るといい」

御聖道様《おしょうどうさま》とは半人半僧《はんにんはんそう》の次兄《じけい》・竜宝《りゅうほう》(海野信親《うんののぶちか》)のことです。竜宝《りゅうほう》は十五歳《さい》のときに病《やまい》で失《しつ》明《めい》したため、寺《てら》に入《はい》っていたのでした。

信盛《のぶもり》が十数人《すうにん》の従者《じゅうしゃ》をつけてくれ、彼《かれ》らに守《まも》られながら、松《まつ》は督姫《とくひめ》を連《つ》れて高遠城《たかとおじょう》を離《はな》れました。わずかひと月《つき》ほどの滞在《たいざい》でした。

そして、古府中《こふちゅう》に向《む》かうその途中《とちゅう》、新府城《しんぷじょう》に寄《よ》った松《まつ》は久《ひさ》しぶりに北条夫人《ほうじょうふじん》と再会《さいかい》しました。

勝頼《かつより》は戦《いくさ》に出《で》ていていません。

「松姫様《まつひめさま》、ここもやがて戦場《いくさば》になるでしょう。この子《こ》たちを連《つ》れて逃《に》げてください」

北条夫人《ほうじょうふじん》はそう言《い》って、勝頼《かつより》と側室《そくしつ》の間《あいだ》に生《う》まれた貞姫《さだひめ》と親戚衆《しんせきしゅう》の小山田信茂《おやまだのぶしげ》の娘《むすめ》・香具姫《かぐひめ》を松《まつ》に預《あず》けました。ふたりともまだ四歳《さい》の幼《おさな》い姫《ひめ》です。

それから松《まつ》は北条夫人《ほうじょうふじん》から、夫人《ふじん》の兄《あに》・氏照《うじてる》に宛《あ》てた手紙《てがみ》を受《う》け取《と》りました。

「兄《あに》は武蔵国《むさしのくに》の八王子城《はちおうじじょう》におります。私《わたし》は北条《ほうじょう》を捨《す》てましたが、もしかしたら、兄《あに》が助《たす》けてくれるかもしれません。か弱《よわ》い女子《おんなこ》どもだけなら、お見捨《みす》てにならず匿《かくま》ってくださるかも……」

「義姉上《あねうえ》、ありがとうございます。どうかお身体《からだ》に気《き》をつけて。貞姫《さだひめ》は必《かなら》ずやお守《まも》りしますと、四郎兄様《しろうにいさま》にお伝《つた》えください」

北条夫人《ほうじょうふじん》のやさしさに感謝《かんしゃ》しながら、松《まつ》は幼《おさな》い姫《ひめ》を三人《にん》連《つ》れて新府城《しんぷじょう》をあとにしました。

2月4日《がつ か》、松《まつ》は古府中《こふちゅう》に到着《とうちゃく》し、入明寺《にゅうみょうじ》にいる次兄《じけい》の竜宝《りゅうほう》を訪《たず》ねました。

「御聖道様《おしょうどうさま》、一夜《いちや》の宿《やど》をお貸《か》しください」

躑躅ヶ崎館《つつじがさきやかた》は新府城《しんぷじょう》に移《うつ》ったのち、勝頼《かつより》が未練《みれん》を断《た》つために壊《こわ》してしまっていたのです。

「松《まつ》、大変《たいへん》であったな。織田《おだ》が攻《せ》めてくるのは、時間《じかん》の問題《もんだい》じゃ。わしは信玄公《しんげんこう》の息子《むすこ》。信長《のぶなが》はわしも捕《と》らえようとするであろう」

「では、御聖道様《おしょうどうさま》もご一緒《いっしょ》に――」

「いや、目《め》が見《み》えぬわしは足手《あしで》まといじゃ。わしにも家族《かぞく》がある。勝頼殿《かつよりどの》が織田《おだ》を撃破《げきは》してくれればよいが、新府城《しんぷじょう》は未完成《みかんせい》ゆえ、それも厳《きび》しいであろう。この古府中《こふちゅう》に織田《おだ》が来《く》る前《まえ》に家《か》族《ぞく》を安全《あんぜん》なところへ逃《に》がす。それゆえ、今《いま》はここを動《うご》く気《き》はない」

「わかりました……。御聖道様《おしょうどうさま》も、どうかお達者《たっしゃ》で」

翌日《よくじつ》、竜宝《りゅうほう》に別《わか》れを告《つ》げて、松《まつ》たちはさらに東《ひがし》へと向《む》かい――。

途中《とちゅう》、東油川《ひがしあぶらかわ》の里《さと》に寄《よ》り、笛吹川《ふえふきがわ》のほとりで休憩《きゅうけい》を取《と》りました。

「川《かわ》のせせらぎ……なつかしいわ」

長旅《ながたび》で疲《つか》れた幼《おさな》い姫《ひめ》たちは川辺《かわべ》で遊《あそ》んだりして、明《あか》るい笑《わら》い声《ごえ》を上《あ》げています。その無邪気《むじゃき》な様子《ようす》に、松《まつ》をはじめ侍女《じじょ》や従者《じゅうしゃ》たちも心《こころ》なごみました。

（まるで昔《むかし》のわたしたちを見《み》ているよう。わたしも菊《きく》も、丸《まる》くて綺麗《きれい》な石《いし》を拾《ひろ》うのに夢中《むちゅう》になって……）

昔《むかし》をなつかしんだ松《まつ》は、「いけない」と首《くび》を振《ふ》りました。

（今《いま》は前《まえ》を見《み》なければ。幼《おさな》い姫《ひめ》たちを守《まも》るのが、わたしの役目《やくめ》）

菊《きく》が嫁《とつ》いでからというもの、松《まつ》は塞《ふさ》ぎがちでしたが、姫《ひめ》たちの存在《そんざい》が松《まつ》の心《こころ》を強《つよ》くしてくれたのです。

休憩《きゅうけい》を終《お》えた松《まつ》たちは、開桃寺《かいとうじ》へ向《む》かいました。ここは昔《むかし》から武田《たけだ》の重臣《じゅうしん》の娘《むすめ》たちが尼《あま》となって法灯《ほうとう》を絶《た》やさず守《まも》ってきた寺《てら》で、武田家《たけだけ》と縁《えん》が深《ふか》いのです。

事情《じじょう》を知《し》った寺《てら》の厚意《こうい》で、ここに7日《か》ほど滞在《たいざい》したのち、松《まつ》たちは塩山《えんざん》のふもとの向嶽寺《こうがくじ》へ入《はい》りました。

一方《いっぽう》、信忠《のぶただ》は2月《がつ》12日《にち》、岐阜《ぎふ》から出陣《しゅつじん》しました。

（ついに、武田《たけだ》を滅《ほろ》ぼす時《とき》が来《き》たのか……）

昨年《さくねん》のうちから、信長《のぶなが》は盟友《めいゆう》の徳川家康《とくがわいえやす》に「来年《らいねん》の春《はる》には武田《たけだ》を滅《ほろ》ぼす」と言《い》っていましたので、木曾義昌《きそよしまさ》の寝返《ねがえ》りもあり、満《まん》を持《じ》して信濃《しなの》・甲斐《かい》への侵攻《しんこう》を開始《かいし》したのです。

その二日後《ふつかご》の夜《よる》、東《ひがし》のほうの空《そら》が真《ま》っ赤《か》に染《そ》まりました。天《てん》を焦《こ》がすかのようなその色《いろ》は、信濃《しなの》の浅間山《あさまやま》の大噴火《だいふんか》でした。天文《てんぶん》3年《ねん》（1534年《ねん》）以来《いらい》、四十八年《ねん》ぶり。昔《むかし》から、この浅《あさ》間山《まやま》が噴火《ふんか》すると、東国《とうごく》では異変《いへん》が起《お》こると言《い》われてきました。

「あれは、武田滅亡《たけだめつぼう》――そして、我《われ》らが織田《おだ》の勝利《しょうり》を告《つ》げておるのだ！」

この天変地異《てんぺんちい》に織田軍《おだぐん》の士気《しき》は大《おお》いに上《あ》がり、信忠率《のぶただひき》いる織田軍《おだぐん》は2月《がつ》16日《にち》に鳥居峠《とりいとうげ》で武田《たけだ》軍《ぐん》を撃破《げきは》。翌《よく》17日《にち》、信濃《しなの》の飯田《いいだ》まで進軍《しんぐん》し、伊那大島城《いなおおしまじょう》に陣《じん》を張《は》りました。この城《しろ》は信玄《しんげん》の弟《おとうと》・信廉《のぶかど》が守《まも》っていたのですが、織田《おだ》が攻《せ》めてくると知《し》り、城《しろ》を明《あ》け渡《わた》して出奔《しゅっぽん》してしまっていたのです。他《ほか》の武田方《たけだがた》の城《しろ》も脱走者《だっそうしゃ》が相次《あいつ》ぎ、このあたりでは松《まつ》の兄《あに》・信盛《のぶもり》が守《まも》る高遠城《たかとおじょう》のみが残《のこ》る結果《けっか》となりました。

（木曾義昌《きそよしまさ》からの情報《じょうほう》では、松姫《まつひめ》は正月《しょうがつ》2日《か》に新府城《しんぷじょう》から出《で》て、高遠城《たかとおじょう》へ移《うつ》ったという。なんとしても降伏《こうふく》させられないものか……）

信忠《のぶただ》はすでに側室《そくしつ》を迎《むか》え、子《こ》どもを作《つく》ってはいましたが、未《いま》だに正室《せいしつ》の座《ざ》は空《あ》けてありました。それは松《まつ》を想《おも》っていたからです。

2月下旬《がつげじゅん》、高遠城《たかとおじょう》に迫《せま》った信忠《のぶただ》は、29日《にち》、使者《ししゃ》として地元《じもと》の僧《そう》を立《た》て、降伏《こうふく》するようしためた書状《しょじょう》を持《も》たせました。

信盛《のぶもり》や城兵《じょうへい》たちの命《いのち》の保証《ほしょう》と引《ひ》き換《か》えに、城《しろ》の明《あ》け渡《わた》しを求《もと》めたのです。降伏《こうふく》した場合《ばあい》、それ相応《そうおう》の所領《しょりょう》を安堵《あんど》することと、黄金百枚《おうごんひゃくまい》を与《あた》えるとも言《い》ったのですが、

「織田《おだ》の軍門《ぐんもん》に降《くだ》れと言《い》うのか!?　俺《おれ》は〝甲斐《かい》の虎《とら》〟と呼《よ》ばれた信玄《しんげん》の息子《むすこ》・五郎信盛《ごろうのぶもり》。生《い》き恥《はじ》をさらせるか！」

と信盛《のぶもり》が激怒《げきど》し、交渉《こうしょう》は決裂《けつれつ》しました。

「恩義《おんぎ》を忘《わす》れた臆病者《おくびょうもの》たちと俺《おれ》を一緒《いっしょ》にするな。早々《そうそう》にかかって来《こ》られよ。信玄仕込《しんげんじこ》みの武勇《ぶゆう》を披露《ひろう》してご覧《らん》にいれる」

との返書《へんしょ》を持《も》たせ、信盛《のぶもり》は使《つか》いの僧《そう》を「命《いのち》ばかりは助《たす》けてやるが、仏《ほとけ》の使《つか》いが織田《おだ》の使《つか》いを引《ひ》き受《う》けたことは許《ゆる》し難《がた》い。命《いのち》は助《たす》けるが、代《か》わりに耳《みみ》と鼻《はな》をもらおう。今度《こんど》来《き》たら首《くび》を刎《は》ねるゆえ、その旨《むね》、信忠《のぶただ》に伝《つた》えるがいい」と言《い》って耳《みみ》と鼻《はな》を削《そ》ぎ、信忠《のぶただ》のもとへ送《おく》り返《かえ》してきま

した。

(なんということを……。これでは、すぐにでも攻《せ》めなければ示《しめ》しがつかぬ！)

今《いま》、信濃《しなの》での織田軍《おだぐん》の総大将《そうだいしょう》は信忠《のぶただ》です。

先日《せんじつ》、信長《のぶなが》から、血気《けっき》に逸《はや》って城攻《しろぜ》めを急《いそ》がず、3月《がつ》5日《か》に安土《あづち》を発《た》つ予定《よてい》の信長《のぶなが》の到着《とうちゃく》を待《ま》つよう指示《しじ》があり、これを破《やぶ》った場合《ばあい》、自分《じぶん》の前《まえ》に顔《かお》を出《だ》すことは二度《にど》と許《ゆる》さないという書《しょ》状《じょう》が届《とど》き、信忠《のぶただ》はこれを守《まも》るかたちを取《と》って時間《じかん》を稼《かせ》ぐため、降伏《こうふく》を促《うなが》したのですが——。

(致《いた》し方《かた》ない！)

翌《よく》3月《がつ》2日《か》、信忠《のぶただ》は総攻撃《そうこうげき》を開始《かいし》しました。

織田《おだ》六万《まん》に対《たい》し、高遠城《たかとおじょう》の兵力《へいりょく》は二千《せん》五百《ひゃく》八十余《あま》り。その差《さ》は二十三倍以上《ばいいじょう》です。

「端武者《はむしゃ》に構《かま》わず、織田信忠《おだのぶただ》ただひとりを討《う》ち取《と》れ！」

と最後《さいご》の決戦《けっせん》を覚悟《かくご》した高遠《たかとお》の武田軍《たけだぐん》が、果敢《かかん》に向《む》かってきます。

それに対《たい》し、信忠《のぶただ》は自《みずか》ら刀《かたな》を手《て》に城《しろ》の塀《へい》を上《あ》がり、

「全軍《ぜんぐん》、突入《とつにゅう》せよ！」

と織田軍《おだぐん》に命《めい》じました。総大将《そうだいしょう》の信忠《のぶただ》に遅《おく》れてはならじと、織田兵《おだへい》たちがこぞって城内《じょうない》に突《とつ》入《にゅう》していきます。

(松《まつ》の好《す》いた男《おとこ》は、真《まこと》の武士《ぶし》であったか。最後《さいご》に一戦交《いっせんまじ》えたこと、うれしく思《おも》うぞ！)

織田軍《おだぐん》の猛攻《もうこう》に落城《らくじょう》を覚悟《かくご》した信盛《のぶもり》は本丸《ほんまる》の櫓《やぐら》に上《あ》がり、最後《さいご》までついてきてくれた家臣《かしん》たちと別《わか》れの盃《さかずき》を交《か》わすと、見事《みごと》に切腹《せっぷく》して果《は》てました。

城内《じょうない》にいた者《もの》たちは信盛《のぶもり》の最期《さいご》を知《し》ると、織田軍《おだぐん》に最後《さいご》の一兵卒《いっぺいそつ》までが突撃《とつげき》を繰《く》り返《かえ》し、ついにひとり残《のこ》らず戦死《せんし》し——。

戦《たたか》いが終《お》わったのは、未《ひつじ》の刻《こく》（午後《ごご》二時頃《じごろ》）でした。

(松殿《まつどの》は無事《ぶじ》なのか!?)

密《ひそ》かに松《まつ》の行方《ゆくえ》を探《さぐ》らせていた信忠《のぶただ》は、しばらくしてから、松《まつ》が高遠《たかとお》を離《はな》れ、古府中《こふちゅう》に向《む》かったらしいことを知《し》り、

(よかった……。会《あ》うことは叶《かな》わなかったが、無事《ぶじ》ならそれでいい)

と、心《こころ》の中《なか》でほっと胸《むね》を撫《な》で下《お》ろしたのです。

3月《がつ》2日《か》、新府城《しんぷじょう》に「高遠城落城《たかとおじょうらくじょう》」の報《ほう》が入《はい》りました。

(五郎《ごろう》、すまぬ！　武田《たけだ》の意地《いじ》を見《み》せてくれた弟《おとうと》を私《わたし》は誇《ほこ》りに思《おも》おう)

軍《ぐん》の立《た》て直《なお》しを図《はか》るため、勝頼《かつより》は悲《かな》しみを胸《むね》の奥《おく》に押《お》し込《こ》めて、軍議《ぐんぎ》を開《ひら》きました。

その席上《せきじょう》で嫡男《ちゃくなん》・信勝《のぶかつ》が、

「父上《ちちうえ》、かくなる上《うえ》は城《しろ》を枕《まくら》に討《う》ち死《じ》に覚悟《かくご》で戦《たたか》いましょう！」

と籠城戦《ろうじょうせん》に持《も》ち込《こ》むことを主張《しゅちょう》しましたが、

「いいえ！　新府城《しんぷじょう》は未完成《みかんせい》……。籠城《ろうじょう》には向《む》いておりませぬ」

と真田昌幸《さなだまさゆき》が反対《はんたい》の声《こえ》を上《あ》げました。

「生《い》きていれば、いずれ勝機《しょうき》も見《み》えてこようというもの。かくなる上《うえ》は我《わ》が城《しろ》——上野吾妻《こうずけあがつま》の岩櫃城《いわびつじょう》にお越《こ》しください。岩櫃《いわびつ》は要害堅固《ようがいけんご》、食糧《しょくりょう》の蓄《たくわ》えも充分《じゅうぶん》あります。三千《ぜん》くらいの兵《へい》でしたら、三、四年《ねん》は戦《たたか》えます」

岩櫃《いわびつ》は難攻不落《なんこうふらく》の城《しろ》。昌幸《まさゆき》の献策《けんさく》に勝頼《かつより》の心《こころ》が動《うご》きました。

「そうだな、なにも死《し》に急《いそ》ぐことはない。岩櫃城《いわびつじょう》に入《はい》り、長期戦《ちょうきせん》の構《かま》えといこう」

「はっ！　でしたら、私《わたし》は急《いそ》ぎ岩櫃城《いわびつじょう》に向《む》かい、勝頼様《かつよりさま》をお迎《むか》えする準備《じゅんび》に入《はい》ります」

そうして昌幸《まさゆき》が岩櫃《いわびつ》へと発《た》ったあと、小山田信茂《おやまだのぶしげ》が勝頼《かつより》に近《ちか》づいてきました。信茂《のぶしげ》は松姫《まつひめ》が連《つ》れている香具姫《かぐひめ》の父《ちち》です。

「真田《さなだ》は譜代《ふだい》の家臣《かしん》ではありません。いつ、裏切《うらぎ》るやもしれず……かくなる上《うえ》は、私《わたし》の岩殿城《いわどのじょう》へお越《こ》しください」

勝頼《かつより》は昌幸《まさゆき》を信《しん》じていましたが、親戚衆《しんせきしゅう》の信茂《のぶしげ》の意見《いけん》を無視《むし》するわけにもいかず――。

翌《よく》3月《がつ》3日《か》、勝頼《かつより》は新府城《しんぷじょう》を焼《や》き、岩殿城《いわどのじょう》を目指《めざ》して発《た》ちました。

が、岩殿城《いわどのじょう》を目前《もくぜん》に信茂《のぶしげ》の裏切《うらぎ》りに遭《あ》い、天目山《てんもくざん》にて北条夫人《ほうじょうふじん》や嫡男《ちゃくなん》の信勝《のぶかつ》とともに自刃《じじん》して果《は》てました。

甲斐源氏《かいげんじ》の流《なが》れを汲《く》む名門《めいもん》・武田氏《たけだし》は二十代目《だいめ》の勝頼《かつより》で滅《ほろ》んだのです。

それは、天正《てんしょう》10年《ねん》（1582年《ねん》）3月《がつ》11日《にち》のことでした。

❖信盛《のぶもり》の最期《さいご》❖

松姫《まつひめ》の同母兄《あに》・仁科五郎信盛《にしなごろうのぶもり》。彼《かれ》は永禄《えいろく》4年《ねん》（1561年《ねん》）、わずか五歳《さい》で北信濃《きたしなの》の名門《めいもん》・仁科《にしな》家《け》の名跡《みょうせき》を継《つ》ぎ、天正《てんしょう》9年《ねん》（1581年《ねん》）、高遠城主《たかとおじょうしゅ》となりました。

天正《てんしょう》10年《ねん》（1582年《ねん》）、織田《おだ》の甲斐侵攻《かいしんこう》が始《はじ》まると、従兄弟《いとこ》の信豊《のぶとよ》、叔父《おじ》の信廉《のぶかど》など信濃《しなの》の武《たけ》田方《だがた》の城主《じょうしゅ》たちは戦《たたか》わずに城《しろ》を捨《す》てて甲斐《かい》へと逃《に》げ、残《のこ》ったのは信盛《のぶもり》の守《まも》る高遠城《たかとおじょう》だけでした。信忠《のぶただ》は降伏《こうふく》を勧告《かんこく》しますが、城《しろ》を枕《まくら》に討《う》ち死《じ》にする腹《はら》を決《き》めていた信盛《のぶもり》は拒否《きょひ》。3月《がつ》2日《か》の早朝《そうちょう》、戦《いくさ》が始《はじ》まりました。

特《とく》に重臣《じゅうしん》の小山田昌成《おやまだまさゆき》と大学助《だいがくのすけ》の兄弟《きょうだい》の猛攻《もうこう》はすさまじく、織田軍《おだぐん》は多数《たすう》の死者《ししゃ》を出《だ》しました。昌成《まさゆき》は「端武者《はむしゃ》に構《かま》わず、織田信忠《おだのぶただ》ただひとりを討《う》ち取《と》れ！」と叫《さけ》び、突撃《とつげき》したものの、信忠《のぶただ》を見《み》つけることができずに多《おお》くの兵《へい》を失《うしな》い、やむなく城内《じょうない》に退却《たいきゃく》。信盛《のぶもり》は小山田兄弟《おやまだきょうだい》の奮戦《ふんせん》を労《ねぎら》い、自《みずか》ら討《う》って出《で》ようとしますが、昌成《まさゆき》が「大将《たいしょう》とは士卒《しそつ》に戦《いくさ》をさせ、指揮《しき》をするのが本分《ほんぶん》というもの。もし進退窮《しんたいきわ》まれば、見事《みごと》に切腹《せっぷく》して果《は》てるのが役目《やくめ》である」と言《い》って、信盛《のぶもり》の鎧《よろい》に取《と》りすがって止《と》め、出陣《しゅつじん》を思《おも》いとどまった信盛《のぶもり》は、最期《さいご》の支度《したく》を急《いそ》がせたといいます。

小山田《おやまだ》兄弟《きょうだい》の退却《たいきゃく》によって武田軍《たけだぐん》は劣勢《れっせい》となり、織田軍《おだぐん》は総大将《そうだいしょう》の信忠《のぶただ》自《みずか》ら武器《ぶき》を手《て》に高遠城《たかとおじょう》の塀《へい》に上《のぼ》り、全軍《ぜんぐん》に城内《じょうない》への突入《とつにゅう》を指示《しじ》。大将《たいしょう》に遅《おく》れてはならじと、織田軍《おだぐん》は御小姓衆《おこしょうしゅう》や馬廻衆《うままわしゅう》に至《いた》るまでこぞって突撃《とつげき》をかけました。

一方《いっぽう》の武田軍《たけだぐん》は女房衆《にょうぼうしゅう》も武器《ぶき》を手《て》に果敢《かかん》に戦《たたか》い、特《とく》に諏訪勝左衛門尉《すわしょうざえもんのじょう》の妻《つま》・はなの活躍《かつやく》は目《め》をみはるものがあり、織田軍《おだぐん》に「比類《ひるい》なき働《はたら》き前代未聞《ぜんだいみもん》の次第《しだい》」と称《たた》えられたほどだったといいます。

そして、時刻《じこく》は正午《しょうご》を回《まわ》り……。落城《らくじょう》が迫《せま》ったことを感《かん》じた信盛《のぶもり》は覚悟《かくご》を決《き》めて本丸《ほんまる》の櫓《やぐら》に上《あ》がり、小山田《おやまだ》兄弟《きょうだい》と別《わか》れの盃《さかずき》を交《か》わしました。

まず小山田昌成《おやまだまさゆき》が酒《さけ》を七、八杯《はっぱい》飲《の》み、脇差《わきざし》を抜《ぬ》いて腹《はら》を切《き》り、その脇差《わきざし》を信盛《のぶもり》の前《まえ》に差《さ》し出《だ》しました。信盛《のぶもり》はこの脇差《わきざし》で腹《はら》を十文字《じゅうもんじ》にかき切《き》り、盃《さかずき》と脇差《わきざし》を大学助《だいがくのすけ》に回《まわ》して絶命《ぜつめい》。二十六歳《さい》の若《わか》さでした。次《つぎ》に大学助《だいがくのすけ》もこの盃《さかずき》で酒《さけ》を十杯《じゅっぱい》飲《の》み、自刃《じじん》。これを見《み》た兵《へい》たちは、「大将《たいしょう》は自害《じがい》した。我《われ》らも討《う》ち死《じ》にせん！」と叫《さけ》び、城内《じょうない》に火《ひ》をかけてから、織田軍《おだぐん》に何度《なんど》も突撃《とつげき》をかけ、ついにひとり残《のこ》らず戦死《せんし》したそうです。

高遠城址《たかとおじょうし》は桜《さくら》の名所《めいしょ》として知《し》られており、ここに咲《さ》く桜《さくら》が少《すこ》し赤味《あかみ》を帯《お》びているのは、激戦《げきせん》で命《いのち》を散《ち》らした信盛《のぶもり》たちの血《ち》を吸《す》ったからだという言《い》い伝《つた》えがあります。

落《らく》月《げつ》の章《しょう》

1　決死《けっし》の逃避行《とうひこう》――天正《てんしょう》10年《ねん》（1582年《ねん》）――

一方《いっぽう》、向嶽寺《こうがくじ》にいた松《まつ》は、寺《てら》の裏山《うらやま》に小屋《こや》を建《た》ててもらい、そこに身《み》を隠《かく》していました。

そして、3月《がつ》も半《なか》ばに差《さ》し掛《か》かった頃《ころ》、勝頼《かつより》たちが自刃《じじん》したことを知《し》りました。

「ああ、四郎兄様《しろうにいさま》が……」

勝頼《かつより》の忘《わす》れ形見《がたみ》となった四歳《さい》の貞姫《さだひめ》を抱《だ》き締《し》め、松《まつ》は泣《な》きました。

（武田《たけだ》はついに滅《ほろ》んだのね……）

悲《かな》しみに暮《く》れる松《まつ》でしたが、織田軍《おだぐん》が武田一族《たけだいちぞく》の残党狩《ざんとうが》りするという噂《うわさ》を聞《き》き、3月《がつ》23日《にち》、向嶽寺《こうがくじ》を発《た》つことにしました。

その前《まえ》に恵林寺《えりんじ》にある信玄《しんげん》の墓《はか》にお参《まい》りし、

（父上《ちちうえ》、どうかわたしたちをお守《まも》りください……）

と旅《たび》の安全《あんぜん》を願《ねが》ったあと、快川和尚《かいせんおしょう》に別《わか》れのあいさつに行《い》きました。快川和尚《かいせんおしょう》は「風林火《ふうりんか》山《ざん》」の旗《はた》を書《か》き、信玄《しんげん》の葬儀《そうぎ》の際《さい》も大道師《だいどうし》を務《つと》めた名僧《めいそう》です。

「和尚様《おしょうさま》、これまでありがとうございました。わたしは姫《ひめ》たちを守《まも》るため、甲斐《かい》を出《で》ます」

「松姫様《まつひめさま》、あなた様《さま》が連《つ》れている姫《ひめ》のひとりは、勝頼公《かつよりこう》を裏切《うらぎ》った小山田信茂殿《おやまだのぶしげどの》の娘《むすめ》。その姫《ひめ》も連《つ》れて行《い》くのですか？」

「ええ……。信茂殿《のぶしげどの》は許《ゆる》し難《がた》いですが、香具姫《かぐひめ》に罪《つみ》はありません。甲斐《かい》に置《お》いていけば、いずれ武田《たけだ》を思《おも》う者《もの》たちの手《て》にかかるか、織田《おだ》に差《さ》し出《だ》されるかどちらかの運命《うんめい》をたどるでしょう。督姫《とくひめ》や貞姫《さだひめ》とも仲《なか》が良《よ》いですし、一緒《いっしょ》に連《つ》れて行《い》きます」

「松姫様《まつひめさま》は本当《ほんとう》におやさしいですな。では、道中《どうちゅう》、お気《き》をつけて」

そうして、旅支度《たびじたく》を終《お》えた松《まつ》は向嶽寺《こうがくじ》を発《た》ち、大菩薩峠《だいぼさつとうげ》を登《のぼ》って行《い》きました。

険《けわ》しい山道《やまみち》に何度《なんど》も転《ころ》びそうになりながら、懸命《けんめい》に松《まつ》は進《すす》みます。

（姫《ひめ》たちを守《まも》るのがわたしの役目《やくめ》。こんなところでへこたれていられない！）

姫《ひめ》たちは従者《じゅうしゃ》たちに代《か》わる代《が》わる背負《せお》われていますが、大人《おとな》の松《まつ》はそういうわけにはいきません。駕籠《かご》も輿《こし》も馬《うま》もない今《いま》、自分《じぶん》で歩《ある》くしかないのです。

大菩薩峠《だいぼさつとうげ》を越《こ》え、鶴峠《つるとうげ》に入《はい》った頃《ころ》、富士山《ふじさん》が見《み》えました。

（そういえば、昔《むかし》、父上《ちちうえ》に富士《ふじ》の浅間神社《せんげんじんじゃ》に連《つ》れて行《い》ってもらったことがあったわね……）

父《ちち》・信玄《しんげん》のことを思《おも》うと、なぜか身体《からだ》の内《うち》から力《ちから》が湧《わ》き上《あ》がってきました。松《まつ》たち一行《いっこう》は途中《とちゅう》、大雪《おおゆき》に見舞《みま》われたりしながらも、山道《やまみち》を登《のぼ》ったり下《くだ》ったりしながら、先《さき》を急《いそ》ぎました。

「さ、寒《さむ》い……」

「皆《みな》、しっかりするのです！　武蔵国《むさしのくに》はあともう少《すこ》しですよ！」

寒《さむ》さを堪《こら》えながら、松姫《まつひめ》たちはようやく案下峠《あんげとうげ》を越《こ》え、ついに武蔵国《むさしのくに》に入《はい》りました。

27日《にち》、上恩方《かみおんがた》の金照庵《きんしょうあん》に到着《とうちゃく》した松《まつ》たちは、やっと旅支度《たびじたく》を解《と》きました。向嶽寺《こうがくじ》から紹介状《しょうかいじょう》をもらっていたのです

「北条《ほうじょう》は織田《おだ》と結《むす》んでいます。しばらくはここで身《み》を隠《かく》していたほうがいいでしょう」

「そうですか……。よろしくお願《ねが》いします」

落《お》としてはいけないと肌身離《はだみはな》さず懐《ふところ》に入《い》れて持《も》っていた北条夫人《ほうじょうふじん》の書状《しょじょう》に、松《まつ》はそっと手《て》を当《あ》てました。

今《いま》は、おとなしく身《み》を潜《ひそ》めているしかありません。

(でも、無事《ぶじ》に武蔵《むさし》に着《つ》いてよかった……)

松《まつ》はその晩《ばん》、足《あし》にできた豆《まめ》の痛《いた》みも忘《わす》れ、ぐっすりと眠《ねむ》ったのでした。

❖逃避行《とうひこう》の伝説《でんせつ》❖

雪解《ゆきど》けの道《みち》を歩《ある》き、案下峠《あんげとうげ》でかわいらしい松《まつ》を見《み》つけた松姫《まつひめ》は、それを持《も》って峠《とうげ》を下《くだ》ったという話《はなし》があります。その松《まつ》は松姫《まつひめ》が開基《かいき》となった信松院《しんしょういん》に植《う》えられ、三百《びゃく》六十年《ねん》もの長《なが》き年月《ねんげつ》を生《い》き続《つづ》けましたが、残念《ざんねん》ながら、１９４７年《ねん》（昭和《しょうわ》22年《ねん》）に枯《か》れてしまったそうです。

峠《とうげ》を下《くだ》った松姫《まつひめ》は、上案下《かみあんげ》の里《さと》の民家《みんか》で一夜《いちや》の宿《やど》を借《か》ります。そこはたまたま昔《むかし》、武田《たけだ》に仕《つか》えていた家《いえ》だったので、家人《かじん》は松姫《まつひめ》たちを丁重《ていちょう》にもてなしてくれたそうです。

松姫《まつひめ》たちは２月《がつ》５日《か》に古府中《こふちゅう》を出発《しゅっぱつ》し、３月《がつ》27日《にち》に武蔵《むさし》に到着《とうちゃく》。五十日《にち》以上《いじょう》――二か月弱《げつじゃく》の間《あいだ》、落《お》ち武者《むしゃ》狩《が》りの恐怖《きょうふ》に怯《おび》えながら、東《ひがし》を目指《めざ》していたことになります。

信松院《しんしょういん》の正門前《せいもんまえ》には、壺装束《つぼしょうぞく》に市女笠《いちめがさ》を被《かぶ》り、杖《つえ》をついた姿《すがた》の松姫《まつひめ》の像《ぞう》があります。現代《げんだい》と違《ちが》い、道《みち》は舗装《ほそう》されておらず、ウールのコートもなければ身体《からだ》をあたためる使《つか》い捨《す》てカイロもありません。寒《さむ》さと恐怖《きょうふ》の中《なか》で気丈《きじょう》に東《ひがし》を目指《めざ》すことができたのは、幼《おさな》い姫《ひめ》たちを守《まも》るという使命《しめい》と、信玄《しんげん》の娘《むすめ》であるという誇《ほこ》りが、松姫《まつひめ》の心《こころ》の支《ささ》えとなっていたからではないでしょうか。

2 本能寺《ほんのうじ》の変《へん》にて、信忠《のぶただ》死《し》す――天正《てんしょう》10年《ねん》（1582年《ねん》）――

松《まつ》が武蔵国《むさしのくに》に落《お》ちてから、二か月余《げつあま》りのちの――5月《がつ》14日《か》、信忠《のぶただ》は安土城《あづちじょう》に凱旋《がいせん》しました。武田《たけだ》を滅《ほろ》ぼしたことを祝《いわ》うため、城下《じょうか》には大勢《おおぜい》の民《たみ》がひとめ信忠《のぶただ》を見《み》ようと集《あつ》まっています。

信忠《のぶただ》は重《おも》い気持《きも》ちを押《お》し隠《かく》し、安土城《あづちじょう》に入《はい》りました。

武田滅亡直後《たけだめつぼうちょくご》も、信忠《のぶただ》は甲斐《かい》の仕置《しおき》に奔走《ほんそう》しました。投降《とうこう》してきた信玄《しんげん》の弟《おとうと》・信廉《のぶかど》を成敗《せいばい》し、4月《がつ》3日《か》には信玄《しんげん》が信頼《しんらい》していた名僧《めいそう》・快川和尚《かいせんおしょう》の恵林寺《えりんじ》を焼《や》き討《う》ちし……。

（私《わたし》はいったい、いくつの命《いのち》を死《し》に追《お》いやったのだろう）

信長《のぶなが》の天下統一《てんかとういつ》は、もうすぐ。

次《つぎ》は中国《ちゅうごく》の毛利《もうり》や、四国《しこく》の長宗我部《ちょうそがべ》を制《せい》するのです。

中国攻《ちゅうごくぜ》めは羽柴秀吉《はしばひでよし》（かつての木下藤吉郎秀吉《きのしたとうきちろうひでよし》）が行《おこな》い、四国攻《しこくぜ》めは6月《がつ》2日《か》、摂津《せっつ》の港《みなと》から信長《のぶなが》の三男《なん》・信孝《のぶたか》が大将《たいしょう》となって向《む》かうことになっています。

信長《のぶなが》は武田《たけだ》攻めでの徳川家康《とくがわいえやす》と穴山梅雪《あなやまばいせつ》（信君《のぶただ》）の働《はたら》きを労《ねぎら》うため、安土城《あづちじょう》にてもてなすことにしました。家康《いえやす》は駿河《するが》方面《ほうめん》の武田軍《たけだぐん》を攻め、信玄《しんげん》の次女《じじょ》・清姫《きよひめ》の夫《おっと》である梅雪《ばいせつ》は2月《がつ》に勝頼《かつより》を裏切《うらぎ》り、織田《おだ》に寝返《ねがえ》ったのです。両者《りょうしゃ》の動《うご》きがなければ、武田《たけだ》を滅亡《めつぼう》させるのは、まだまだ時間《じかん》がかかったかもしれません。

そうして、のちに「安土饗応《あづちきょうおう》」と呼《よ》ばれる宴《うたげ》をしている最中《さいちゅう》、中国《ちゅうごく》の毛利《もうり》と戦《たたか》っている秀吉《ひでよし》から信長《のぶなが》に援軍《えんぐん》の要請《ようせい》がきました。

信長《のぶなが》は饗応《きょうおう》を中断《ちゅうだん》し、まずは明智光秀《あけちみつひで》を中国《ちゅうごく》に向《む》かわせ、自身《じしん》は5月《がつ》29日《にち》に京《きょう》の本能寺《ほんのうじ》に入《はい》りました。

京《きょう》には信忠《のぶただ》も向《む》かい、妙覚寺《みょうかくじ》を宿所《しゅくしょ》としました。

（松殿《まつどの》も今頃《いまごろ》、月《つき》を見上《みあ》げているだろうか……）

京《きょう》に向《む》かう前《まえ》、松《まつ》の消息《しょうそく》を突《つ》き止《と》めた信忠《のぶただ》は、東《ひがし》へ使者《ししゃ》を走《はし》らせていました。

松《まつ》は武蔵国《むさしのくに》の上恩方《かみおんがた》というところに身《み》を潜《ひそ》めたのち、密《ひそ》かに北条氏照《ほうじょううじてる》の保護《ほご》を受《う》け、幼《おさな》い姪《めい》たちとともに暮《く》らしているということでした。武田《たけだ》を裏切《うらぎ》った小山田信茂《おやまだのぶしげ》の娘《むすめ》も匿《かくま》っているということも聞《き》いたとき、信忠《のぶただ》は思《おも》わず微笑《ほほえ》んでいました。

（ああ、やはり松殿《まつどの》はやさしい方《かた》だ）

信忠《のぶただ》はこのあと、父《ちち》の信長《のぶなが》とは別行動《べつこうどう》を取《と》り、四国遠征《しこくえんせい》の援軍《えんぐん》に向《む》かう予定《よてい》です。ですので、その間《あいだ》に松《まつ》を迎《むか》え入《い》れ、密《ひそ》かに匿《かくま》おうと考《かんが》え、使者《ししゃ》を出《だ》したのです。

(松殿《まつどの》、あなたは私《わたし》のもとに来《き》てくれるだろうか……)

月《つき》を見上《みあ》げて、信忠《のぶただ》はかつての婚約者《こんやくしゃ》を愛《いと》しく思《おも》う気持《きも》ちをさらに募《つの》らせました。

松《まつ》はその後《ご》、以前《いぜん》、武田《たけだ》に仕《つか》えていたという恩方《おんがた》にいた郷士《ごうし》を通《つう》じて、北条夫人《ほうじょうふじん》からの手紙《てがみ》をその兄《あに》・氏照《うじてる》のもとへ届《とど》けてもらい、そのまま金照庵《きんしょうあん》で息《いき》を潜《ひそ》めるようにして静《しず》かに暮《く》らしていました。氏照《うじてる》は武蔵国《むさしのくに》に松姫《まつひめ》たちが留《とど》まることを黙認《もくにん》してくれたのです。

そんなある日《ひ》、信忠《のぶただ》の使者《ししゃ》が松宛《まつあ》ての手紙《てがみ》を持《も》って現《あらわ》れました。

「信忠様《のぶただ さま》が、わたしに……!?」

松《まつ》はすぐに手紙《てがみ》を読《よ》みました。

（ああ、なつかしい……）

その筆跡《ひっせき》は間違《まちが》いなく、信忠《のぶただ》のものでした。

今《いま》でもこの目《め》に焼《や》き付《つ》いている文字《もじ》と同《おな》じものです。

松《まつ》はそのひとつひとつに、指先《ゆびさき》でそっとふれました。

そのたびに胸《むね》の奥《おく》から熱《あつ》いものがこみあげてきます。

松殿《まつどの》、あなたが無事《ぶじ》に武蔵国《むさしのくに》に逃《のが》れていると聞《き》き、いてもたってもいられず、筆《ふで》を執《と》りました。私《わたし》はあなたの兄《あに》、五郎信盛殿《ごろうのぶもりどの》を攻《せ》め、討《う》ち取《と》りました。そのほか、あなたの大切《たいせつ》な人《ひと》たちの命《いのち》を、織田《おだ》の旗《はた》の下《もと》にたくさん奪《うば》いました。そんな私《わたし》のことを、あなたは許《ゆる》せないと思《おも》います。

ですが、もし許《ゆる》してくれるなら、どうか私《わたし》の願《ねが》いを聞《き》いてください。

私《わたし》はずっとあなたを想《おも》っていました。あなたも、もし同《おな》じ気持《きも》ちなら、どうか私《わたし》のもとへ来《き》てください。迎《むか》えの手筈《てはず》は、北条氏照殿《ほうじょううじてるどの》に頼《たの》んでおきます。

一日《いちにち》も早《はや》く、お目《め》にかかれることを、月《つき》を見上《みあ》げながら祈《いの》っています。

（わたしもお会《あ》いしたい――！）

信忠《のぶただ》は側室《そくしつ》との間《あいだ》に息子《むすこ》を設《もう》けていますが、未《いま》だに正室《せいしつ》を迎《むか》えていません。それは、松《まつ》のことを想《おも》っていたからだと使者《ししゃ》は言《い》い添《そ》えました。

でも、松《まつ》にはわかっていました。

敵《てき》であった武田《たけだ》の姫《ひめ》が正室《せいしつ》の座《ざ》に収《おさ》まれるわけがないことを――。

（でも、わたしは信忠様《のぶただ さま》にひとめお会《あ》いしたい）

そうすれば、この先《さき》の人生《じんせい》がどんなにつらくとも耐《た》えていける。

松《まつ》はそう思《おも》い、信忠《のぶただ》からの書状《しょじょう》をそっと抱《だ》きしめました。

けれど、松《まつ》の願《ねが》いは叶《かな》うことはなかったのです。


6月《がつ》2日《か》、未明《みめい》。

妙覚寺《みょうかくじ》に滞在《たいざい》していた信忠《のぶただ》は、異変《いへん》を察知《さっち》し、すぐに武具《ぶぐ》を身《み》に着《つ》けました。

「父上《ちちうえ》は!? ご無事《ぶじ》か!」

「それが……」

偵察《ていさつ》に飛《と》んで行《い》った者《もの》の話《はなし》によると、信長《のぶなが》のいる本能寺《ほんのうじ》はすでに炎《ほのお》に包《つつ》まれている、とのことでした。急《いそ》いで外《そと》に出《で》ると、赤《あか》い炎《ほのお》が明《あ》け方《がた》の夜空《よぞら》を焦《こ》がしています。

「明智光秀《あけちみつひで》、なんということを!」

明智《あけち》は一万《まん》三千《ぜん》もの大軍《たいぐん》。

父《ちち》・信長《のぶなが》が家臣《かしん》の裏切《うらぎ》りにあって命《いのち》を落《お》としたならば、織田《おだ》の当主《とうしゅ》として、これを放《ほう》っておくわけにはいきません。

信忠《のぶただ》は仕度《したく》を調《とと》えると、二条御所《にじょうごしょ》へと走《はし》りました。寺《てら》では戦《たたか》うのに不利《ふり》だからです。

(松殿《まつどの》、すまぬ……!)

死《し》を覚悟《かくご》した信忠《のぶただ》は、松《まつ》への想《おも》いをぐっと胸《むね》の奥《おく》にしまいこみ、襲《おそ》い来《く》る明智軍《あけちぐん》に立《た》ち向《む》かいました。

北条家《ほうじょうけ》が用意《ようい》してくれた輿《こし》で密《ひそ》かに京《きょう》へ向《む》かう途中《とちゅう》、その報《しら》せを受《う》けた松《まつ》は愕然《がくぜん》としました。

「信忠様《のぶただざま》が……？」

「はい。明智《あけち》の別働隊《べつどうたい》に討《う》たれたと――立派《りっぱ》な最期《さいご》だったそうです」

信長《のぶなが》と信忠《のぶただ》の首《くび》はまだ見《み》つかっていない、と使者《ししゃ》は付《つ》け加《くわ》えました。

きっと、近習《きんじゅう》の誰《だれ》かが持《も》って逃《のが》れたのでしょう。敵《てき》の手《て》に渡《わた》ってさらし首《くび》になることは避《さ》けられたのです。

（信忠様《のぶただざま》……！）

一度《いちど》も会《あ》うことはなかったけれど。

（心《こころ》の底《そこ》からお慕《した》いしておりました……）

松《まつ》は京《きょう》の方角《ほうがく》を振《ふ》り返《かえ》り、そっと手《て》を合《あ》わせました。

夏《なつ》の夕陽《ゆうひ》が西《にし》の空《そら》をやわらかく染《そ》めていました。

❖信忠《のぶただ》はなぜ逃《に》げなかったのか❖

「本能寺《ほんのうじ》の変《へん》」の折《おり》、信長《のぶなが》の弟《おとうと》・長益《ながます》（のちの有楽斎《うらくさい》）は「自害《じがい》するから」と配下《はいか》の者《もの》たちに薪《まき》を積《つ》ませている間《あいだ》に脱出《だっしゅつ》し、生《い》き延《の》びたという話《はなし》があります。

明智《あけち》の別働隊《べつどうたい》に狙《ねら》われたとはいえ、信忠《のぶただ》も逃《に》げることはできたのではないか、彼《かれ》がもし生《い》き延《の》びていたら秀吉《ひでよし》の天下《てんか》はなかったかもしれない——などと考《かんが》えずにはいられません。

父《ちち》・信長《のぶなが》が討《う》たれたと知《し》った信忠《のぶただ》は、宿所《しゅくしょ》にしていた妙覚寺《みょうかくじ》から二条御所《にじょうごしょ》に移《うつ》り、そこで戦《たたか》い、討《う》ち死《じ》にしました。ここでは、信長《のぶなが》の五男《なん》・勝長《かつなが》も命《いのち》を散《ち》らしています。彼《かれ》はかつて岩村城《いわむらじょう》のおつやの方《かた》に武田《たけだ》へ人質《ひとじち》として送《おく》られた御坊丸《ごぼうまる》です。勝長《かつなが》は武田《たけだ》にいた頃《ころ》、松姫《まつひめ》と面識《めんしき》があったでしょうから、信忠《のぶただ》に松姫《まつひめ》のことを話《はな》していたかも……。

話《はなし》は戻《もど》りますが、もしかしたら信忠《のぶただ》の脳裏《のうり》に、今川《いまがわ》を滅亡《めつぼう》させた義元《よしもと》の嫡男《ちゃくなん》・氏真《うじざね》のことがよぎったかもしれません。氏真《うじざね》は「桶狭間《おけはざま》の戦《たたか》い」のあと、父《ちち》の弔《とむら》い合戦《がっせん》をしようとしませんでした。そのことで家臣《かしん》の離反《りはん》が相次《あいつ》ぎ、今川《いまがわ》は弱体化《じゃくたいか》していったのです。逃《に》げるは武士《ぶし》の恥《はじ》、ということもありますし、まずは戦《たたか》うことで活路《かつろ》を見出《みいだ》そうとしたのかもしれません。

恩《おん》光《こう》の章《しょう》

1　松《まつ》姫《ひめ》、出家《しゅっけ》す——天正《てんしょう》10年《ねん》（1582年《ねん》）——

松《まつ》はその後《ご》、金照庵《きんしょうあん》に戻《もど》り、幼《おさな》い姫《ひめ》たちと暮《く》らしていました。

けれど、慎《つつ》ましやかに日々《ひび》を送《おく》る中《なか》、困《こま》ったことがひとつありました。

武田《たけだ》の姫様《ひめさま》が住《す》んでいる——という噂《うわさ》は、やがて広《ひろ》がり、松《まつ》の美《うつく》しさや気立《きだ》ての良《よ》さを知《し》った者《もの》たちが連日《れんじつ》のように、結婚《けっこん》を申《もう》し込《こ》んでくるようになったのです。

「お気持《きも》ちはうれしいのですが、わたしは今《いま》、喪《も》に服《ふく》しております。しばらくは一族《いちぞく》の皆《みな》の菩提《ぼだい》を弔《とむら》いたく思《おも》いますので、ご縁《えん》がなかったものとあきらめてくださいとお伝《つた》えください」

松《まつ》は丁寧《ていねい》に対応《たいおう》するよう侍女《じじょ》たちに言《い》いましたが、それでも結婚《けっこん》を申《もう》し込《こ》んでくる郷士《ごうし》の若者《わかもの》たちが絶《た》えません。

（わたしはどこにも嫁《とつ》ぐつもりはないのに……独《ひと》り身《み》だからいけないのね）

松《まつ》は上恩方《かみおんがた》の金照庵《きんしょうあん》から下恩方《しもおんがた》の心源院《しんげんいん》に移《うつ》り、そこで出家《しゅっけ》する道《みち》を選《えら》びました。心源院《しんげんいん》は北条氏照《ほうじょううじてる》やその夫人《ふじん》が帰依《きえ》しているお寺《てら》です。

名僧《めいそう》と名高《なだか》い卜山禅師《ぼくざんぜんじ》は、

「まだお若《わか》いのじゃから、俗世《ぞくせ》を捨《す》てるのは早《はや》いのでは？」

と三度《ど》、松《まつ》の願《ねが》いを断《ことわ》りましたが、その年《とし》の秋《あき》に、ようやく松《まつ》の熱意《ねつい》に折《お》れ、しばらくは有《う》髪《はつ》の尼僧《にそう》として過《す》ごすことを許《ゆる》してくれました。

松《まつ》は「信松尼《しんしょうに》」と号《ごう》し、ここで先祖《せんぞ》の菩提《ぼだい》を弔《とむら》うことになったのです。

（父上《ちちうえ》……信忠様《のぶただざま》……）

信玄《しんげん》や信忠《のぶただ》をはじめ、亡《な》くなった大切《たいせつ》な家族《かぞく》を想《おも》いながら、松《まつ》は朝早《あさはや》くから畑《はたけ》を耕《たがや》したり、夜遅《よるおそ》くまで繕《つくろ》い物《もの》をしたりして働《はたら》き続《つづ》ける日々《ひび》を送《おく》り……。

八年後《ねんご》の天正《てんしょう》18年《ねん》（1590年《ねん》）の秋《あき》に、心源院《しんげんいん》を出《で》て、御所水《ごしょみず》の里《さと》に建《た》てた小《ちい》さな庵《いおり》に居《きょ》を移《うつ》しました。

「いつまでも御厄介《ごやっかい》になっていては申《もう》し訳《わけ》ありません。今《いま》までお世話《せわ》になり、ありがとうございました」

心源院《しんげんいん》を去《さ》るとき、松《まつ》は卜山禅師《ぼくざんぜんじ》に心《こころ》を込《こ》めて縫《ぬ》った墨染《すみぞめ》の衣《ころも》を、お世話《せわ》になったお礼《れい》にと置《お》いていきました。

御所水《ごしょみず》の庵《いおり》に移《うつ》った松《まつ》は、そこで蚕《かいこ》を飼《か》って繭《まゆ》から糸《いと》を紡《つむ》ぎ、機《はた》を織《お》り、出来上《できあ》がった布《ぬの》を染《そ》め……というように一生懸命働《いっしょうけんめいはたら》き、近所《きんじょ》の子《こ》どもたちに読《よ》み書《か》きを教《おし》えたりしながら姫《ひめ》たちを育《そだ》て、先祖《せんぞ》の菩提《ぼだい》を弔《とむら》う日々《ひび》を送《おく》りました。

そうした生活《せいかつ》を送《おく》るうち、松《まつ》は今度《こんど》は上野《うえの》原宿《はらじゅく》に建《た》った立派《りっぱ》な草庵《そうあん》に移《うつ》ることになりました。実《じつ》は、その草庵《そうあん》は徳川家康《とくがわいえやす》の家臣《かしん》となった武田《たけだ》の旧臣《きゅうしん》・大久保長安《おおくぼながやす》が寄進《きしん》してくれたのです。

信長《のぶなが》亡《な》きあと、天下統一《てんかとういつ》を目指《めざ》した秀吉《ひでよし》による「小田原攻《おだわらぜ》め」（天正《てんしょう》18年《ねん》／1590年《ねん》）で北条《ほうじょう》が滅《ほろ》んだのち、徳川家康《とくがわいえやす》が関東《かんとう》を治《おさ》めることになったのですが、家康《いえやす》はそれ以前《いぜん》、武田滅《たけだめつ》亡後《ぼうご》に起《お》きた、武田遺領争奪戦《たけだいりょうそうだつせん》「天正壬午《てんしょうじんご》の乱《らん》」（天正《てんしょう》10年《ねん》／1582年《ねん》）の折《おり》、武田《たけだ》の遺臣《いしん》を多《おお》く召《め》し抱《かか》えていました。それで「八王子《はちおうじ》に武田《たけだ》の松姫《まつひめ》がいる」と知《し》った家康《いえやす》が、長安《ながやす》に松《まつ》姫《ひめ》のことを気《き》にかけ、時折《ときおり》、様子《ようす》を伝《つた》えるようにと言《い》ったのです。

徳川《とくがわ》に仕《つか》えている武田《たけだ》の遺臣《いしん》たちは「武田家《たけだけ》への御恩返《ごおんがえ》し」と言《い》っては、畑仕事《はたけしごと》を手伝《てつだ》ったり、贈《おく》り物《もの》を持《も》ってきてくれたりしました。

（こうして、いろんな人《ひと》が助《たす》けてくれるのは、父上《ちちうえ》のおかげね。亡《な》くなったあとでも、父上《ちちうえ》はわたしを助《たす》けてくださっているのね）

松《まつ》は人々《ひとびと》の厚意《こうい》に感謝《かんしゃ》し、慎《つつ》ましやかに日々《ひび》を送《おく》りました。

❖八王子千人同心《はちおうじせんにんどうしん》❖

天正《てんしょう》18年《ねん》（1590年《ねん》）、北条氏《ほうじょうし》を滅《ほろ》ぼした秀吉《ひでよし》は、徳川家康《とくがわいえやす》を関東《かんとう》に移封《いほう》させました。その後《ご》、のちに松姫《まつひめ》に草庵《そうあん》を寄進《きしん》する武田《たけだ》の旧臣《きゅうしん》・大久保長安《おおくぼながやす》が、家康《いえやす》に甲斐《かい》と武蔵《むさし》の国境《くにざかい》の警備《けいび》の重要《じゅうよう》性《せい》を説《と》き、配置《はいち》されたのが、「同心《どうしん》」で、これは主《おも》に武田《たけだ》の遺臣《いしん》たちで構成《こうせい》されていました。最初《さいしょ》は約《やく》二百《ひゃく》六十人《にん》だったそうですが、慶長《けいちょう》5年《ねん》（1600年《ねん》）には大量《たいりょう》に雇用《こよう》し、文字通《もじどお》り「千人《せんにん》同心《どうしん》」になりました。彼《かれ》らは松姫《まつひめ》を慕《した》い、畑仕事《はたしごと》を手伝《てつだ》ってくれたりしたそうです。松姫《まつひめ》の存在《そんざい》は、恩義《おんぎ》に厚《あつ》い武田《たけだ》の遺臣《いしん》たちの心《こころ》の支《ささ》えになっていたのかもしれません。

平和《へいわ》な世《よ》になると、国境《くにざかい》の警備《けいび》の重要性《じゅうようせい》が薄《うす》れ、千人同心《せんにんどうしん》は日光東照宮《にっこうとうしょうぐう》の警備《けいび》に回《まわ》ることになります。〝神君《しんくん》〟家康《いえやす》の御霊《みたま》を守《まも》る役目《やくめ》を、武田《たけだ》の遺臣《いしん》が担《にな》ったわけです。

ちなみに、千人同心《せんにんどうしん》は幕末《ばくまつ》に新撰組《しんせんぐみ》の隊士《たいし》たちを数名輩出《すうめいはいしゅつ》しています。局長《きょくちょう》・近藤勇《こんどういさみ》の近藤家《こんどうけ》は天然理心流《てんねんりしんりゅう》の家元《いえもと》で、千人同心《せんにんどうしん》だった縁《えん》からです。千人同心《せんにんどうしん》は徳川家《とくがわけ》への恩《おん》を大事《だいじ》にする家《いえ》が多《おお》かったので、その精神《せいしん》が最後《さいご》まで幕府《ばくふ》を守《まも》ろうとした新撰組《しんせんぐみ》に受《う》け継《つ》がれていったのでしょう。

2 松姫《まつひめ》、安《やす》らかに眠《ねむ》る――元和《げんな》2年《ねん》（1616年《ねん》）――

天下《てんか》を取《と》った豊臣秀吉《とよとみひでよし》が北条《ほうじょう》を滅《ほろ》ぼしてから八年後《ねんご》の慶長《けいちょう》3年《ねん》（1598年《ねん》）に亡《な》くなると、その二年後《ねんご》に日本《にほん》は真《ま》っ二《ぷた》つに割《わ》れ、「関ケ原《せきがはら》の戦《たたか》い」（慶長《けいちょう》5年《ねん》／1600年《ねん》）が勃発《ぼっぱつ》。

その戦《たたか》いを制《せい》した家康《いえやす》が江戸幕府《えどばくふ》を開《ひら》き、その後《ご》、「大坂夏《おおさかなつ》の陣《じん》」（慶長《けいちょう》20年《ねん》／1615年《ねん》）にて秀吉《ひでよし》の遺児《いじ》・秀頼《ひでより》を滅《ほろ》ぼし、ようやく泰平《たいへい》の世《よ》が訪《おとず》れました。

家康《いえやす》は「大坂夏《おおさかなつ》の陣《じん》」ののち、元号《げんごう》を「元和《げんな》」と変《か》えるよう朝廷《ちょうてい》に働《はたら》きかけ、天下人《てんかびと》であることを世《よ》に知《し》らしめました。元号《げんごう》を変《か》えるのは、かつて信長《のぶなが》も取《と》った方法《ほうほう》です。

松姫《まつひめ》が倒《たお》れたのは、ようやく世《よ》の中《なか》が落《お》ち着《つ》いた、そんな頃《ころ》でした。

（わたし、いつのまにか、ずいぶん年《とし》を取《と》ったのね。気《き》がつけば、五十三で亡《な》くなった父上《ちちうえ》を越《こ》えてしまって……）

最初《さいしょ》は冬《ふゆ》の寒《さむ》さがこたえるせいだと思《おも》っていた松《まつ》でしたが、年《とし》が明《あ》け、冬《ふゆ》が過《す》ぎて春《はる》が訪《おとず》れても、身体《からだ》はいうことをきかず――。

そんなある日、松《まつ》は夢《ゆめ》を見《み》ました。

「我《わ》が娘《むすめ》の命《いのち》を、どうかお助《たす》けください……！」

それは、涙《なみだ》を流《なが》しながら手《て》を合《あ》わせて祈《いの》っている父《ちち》・信玄《しんげん》の姿《すがた》でした。

（我《わ》が娘《むすめ》？　わたしのこと？）

「父上《ちちうえ》、わたしならここにいますよ？」

父《ちち》の背中《せなか》をさすろうと、松《まつ》は懸命《けんめい》に手《て》を伸《の》ばしました。

「松殿《まつどの》、しっかりせい」

「あ……」

伸《の》ばした手《て》を取《と》ったのは、卜山禅師《ぼくざんぜんじ》でした。見舞《みま》いに来《き》てくれていたのです。

「今《いま》、父上《ちちうえ》の夢《ゆめ》を見《み》ました……。病《やまい》に臥《ふ》せったわたしを心配《しんぱい》して、必死《ひっし》に祈《いの》ってくださっていました」

松《まつ》はそう言《い》いながら、昔《むかし》のことを、だんだん思《おも》い出《だ》していました。

（ああ、そうだわ……。子《こ》どもの頃《ころ》、そんなことがあった。わたしが高熱《こうねつ》で倒《たお》れたとき、父上《ちちうえ》が浅間神社《せんげんじんじゃ》に願文《がんもん》を奉納《ほうのう》されて――……）

松《まつ》の目《め》から、ひとすじの涙《なみだ》がこぼれ落《お》ちます。

（父上《ちちうえ》はあの世《よ》にいても、わたしのことを心配《しんぱい》してくださっている……。わたしはずっと大《おお》きな愛《あい》で守《まも》られていたのだわ）

「松殿《まつどの》、白湯《さゆ》でも持《も》ってこさせようか？」

卜山禅師《ぼくざんぜんじ》がそう言《い》ってくれましたが、松《まつ》は首《くび》を振《ふ》り、「障子《しょうじ》を開《あ》けてください」と言《い》いました。

「今夜《こんや》は月《つき》が出《で》ていますか？　久《ひさ》しぶりに月《つき》を見《み》とうございます」

夜気《やき》は身体《からだ》に悪《わる》いので、倒《たお》れてから夜《よる》はいつも雨戸《あまど》を閉《し》められていたのです。

雨戸《あまど》に続《つづ》き、障子《しょうじ》を開《あ》けてもらうと、松《まつ》は卜山禅師《ぼくざんぜんじ》の手《て》を借《か》りて縁《えん》に出《で》ました。

（父上《ちちうえ》……今少《いますこ》しだけ、あの方《かた》を想《おも》うことを許《ゆる》してください）

信忠様《のぶただざま》、わたしはもうすぐあなたのところへ参《まい》ります。ようやくお目《め》にかかれますね。あなたのお迎《むか》えを、あの日《ひ》と同《おな》じようにお待《ま》ちしています。

お会《あ》いできたら、あなたの肩《かた》に寄《よ》り添《そ》ってもいいですか。一緒《いっしょ》に月《つき》を愛《め》でましょう。

それから、数日後《すうじつご》――。

元和《げんな》2年《ねん》（1616年《ねん》）4月《がつ》16日《にち》、松《まつ》は静《しず》かに息《いき》を引《ひ》き取《と》りました。

戦国《せんごく》の世《よ》に翻弄《ほんろう》され、それでも強《つよ》く生《い》き抜《ぬ》いた……〝甲斐《かい》の虎《とら》〟と謳《うた》われた名将《めいしょう》・信玄《しんげん》の娘《むすめ》の名《な》に恥《は》じぬ、激動《げきどう》の生涯《しょうがい》でした。

戦国姫 せんごくひめ ―松《まつ》姫《ひめ》の物《もの》語《がたり》― 年表《ねんぴょう》

1521年《ねん》	（大《だい》永《えい》元《がん》年《ねん》）	武《たけ》田《だ》信《しん》玄《げん》、誕生《たんじょう》 信《しん》玄《げん》の継室《けいしつ》・三条《さんじょう》の方《かた》、誕生《たんじょう》
1534年《ねん》	（天《てん》文《ぶん》3年《ねん》）	織《お》田《だ》信《のぶ》長《なが》、誕生《たんじょう》
1536年《ねん》	（天《てん》文《ぶん》5年《ねん》）	信《しん》玄《げん》と三条《さんじょう》の方《かた》、結婚《けっこん》
1537年《ねん》	（天《てん》文《ぶん》6年《ねん》）	武《たけ》田《だ》信《しん》玄《げん》の姉《あね》・定恵院《じょうけいいん》（多恵姫《たえひめ》）、今《いま》川《がわ》義《よし》元《もと》に嫁《とつ》ぐ。甲駿《こうすん》同盟《どうめい》成立《せいりつ》
1538年《ねん》	（天《てん》文《ぶん》7年《ねん》）	武《たけ》田《だ》義《よし》信《のぶ》（信《しん》玄《げん》の長男《ちょうなん》）、誕生《たんじょう》（母《はは》・三条《さんじょう》の方《かた》）
1541年《ねん》	（天《てん》文《ぶん》10年《ねん》）	信《しん》玄《げん》、父《ちち》・信《のぶ》虎《とら》を駿《する》河《が》へ追放《ついほう》
1542年《ねん》	（天《てん》文《ぶん》11年《ねん》）	徳《とく》川《がわ》家《いえ》康《やす》、誕生《たんじょう》
1543年《ねん》	（天《てん》文《ぶん》12年《ねん》）	黄《おう》梅《ばい》院《いん》（信《しん》玄《げん》の長女《ちょうじょ》・梅姫《うめひめ》）、誕生《たんじょう》（母《はは》・三条《さんじょう》の方《かた》）
1546年《ねん》	（天《てん》文《ぶん》15年《ねん》）	武《たけ》田《だ》勝《かつ》頼《より》（信《しん》玄《げん》の四男《なん》）、誕生《たんじょう》（母《はは》・諏訪《すわ》御寮人《ごりょうにん》）
1550年《ねん》	（天《てん》文《ぶん》19年《ねん》）	真《ま》理《り》姫《ひめ》（信《しん》玄《げん》の三女《じょ》）、誕生《たんじょう》（母《はは》不明《ふめい》）
1552年《ねん》	（天《てん》文《ぶん》21年《ねん》）	義《よし》信《のぶ》、今《いま》川《がわ》義《よし》元《もと》の娘《むすめ》・嶺松院《れいしょういん》（春姫《はるひめ》）と結婚《けっこん》
1553年《ねん》	（天《てん》文《ぶん》22年《ねん》）	第《だい》一次川《じかわ》中島《なかじま》の戦《たたか》い（布施《ふせ》の戦《たたか》い） この頃《ころ》、油川《あぶらかわ》夫人《ふじん》、信《しん》玄《げん》の側室《そくしつ》となる
1554年《ねん》	（天《てん》文《ぶん》23年《ねん》）	黄《おう》梅《ばい》院《いん》が北条《ほうじょう》氏《うじ》政《まさ》と結婚《けっこん》 今《いま》川《がわ》氏《うじ》真《ざね》と北条《ほうじょう》氏《うじ》康《やす》の娘《むすめ》・早川殿《はやかわどの》、結婚《けっこん》 甲《こう》相《そう》駿《すん》三国《さんごく》同盟《どうめい》成立《せいりつ》
1555年《ねん》	（天《てん》文《ぶん》24年《ねん》）	真《ま》理《り》姫《ひめ》、木曾《きそ》義《よし》昌《まさ》に嫁《とつ》ぐ 第《だい》二次川《じかわ》中島《なかじま》の戦《たたか》い（犀川《さいがわ》の戦《たたか》い）
1557年《ねん》	（弘《こう》治《じ》3年《ねん》）	仁《に》科《しな》五《ご》郎《ろう》盛《もり》信《のぶ》（信《しん》玄《げん》の五男《なん》）、誕生《たんじょう》（母《はは》・油川《あぶらかわ》夫人《ふじん》） 織《お》田《だ》信《のぶ》忠《ただ》（信《のぶ》長《なが》の長男《ちょうなん》）、誕生《たんじょう》（母《はは》・生駒《いこま》吉乃《きつの》） 第《だい》三次川《じかわ》中島《なかじま》の戦《たたか》い（上野原《うえのはら》の戦《たたか》い）
1560年《ねん》	（永《えい》禄《ろく》3年《ねん》）	桶《おけ》狭《はざ》間《ま》の戦《たたか》い。今《いま》川《がわ》義《よし》元《もと》、織《お》田《だ》信《のぶ》長《なが》に討《う》たれる
1561年《ねん》	（永《えい》禄《ろく》4年《ねん》）	松《まつ》姫《ひめ》（信《しん》玄《げん》の五女《じょ》）、甲斐国《かいのくに》に生《う》まれる（母《はは》・油川《あぶらかわ》夫人《ふじん》） 第《だい》四次川《じかわ》中島《なかじま》の戦《たたか》い（八幡原《はちまんばら》の戦《たたか》い）
1563年《ねん》	（永《えい》禄《ろく》6年《ねん》）	菊《きく》姫《ひめ》（信《しん》玄《げん》の六女《じょ》）、誕生《たんじょう》（母《はは》・油川《あぶらかわ》夫人《ふじん》） 武《たけ》田《だ》信《のぶ》清《きよ》（信《しん》玄《げん》の七男《なん》）、誕生《たんじょう》（母《はは》・禰津《ねづ》御寮人《ごりょうにん》）
1564年《ねん》	（永《えい》禄《ろく》7年《ねん》）	第《だい》五次川《じかわ》中島《なかじま》の戦《たたか》い（塩崎《しおざき》の対陣《たいじん》）
1565年《ねん》	（永《えい》禄《ろく》8年《ねん》）	松《まつ》姫《ひめ》、高熱《こうねつ》で倒《たお》れる。信《しん》玄《げん》、富士《ふじ》浅間《せんげん》神社《じんじゃ》に願文《がんもん》を奉納《ほうのう》 義《よし》信《のぶ》の謀反《むほん》発覚《はっかく》。東光寺《とうこうじ》に幽閉《ゆうへい》される 勝《かつ》頼《より》、信《のぶ》長《なが》の養女《ようじょ》・遠山《とおやま》姫《ひめ》と結婚《けっこん》

1567年《ねん》	（永禄《えいろく》10年《ねん》）	義信《よしのぶ》、自害《じがい》。その正室《せいしつ》・嶺松院《れいしょういん》を駿河《するが》に帰《かえ》す
		松姫《まつひめ》、信忠《のぶただ》と婚約《こんやく》
1568年《ねん》	（永禄《えいろく》11年《ねん》）	信長《のぶなが》、足利義昭《あしかがよしあき》を奉《ほう》じ、上洛《じょうらく》。義昭《よしあき》、室町幕府《むろまちばくふ》第《だい》十五代将軍《だいしょうぐん》就任《しゅうにん》
		武田《たけだ》、徳川《とくがわ》、遠江《とおとうみ》・駿河《するが》へ侵攻《しんこう》
1569年《ねん》	（永禄《えいろく》12年《ねん》）	今川《いまがわ》氏《し》滅亡《めつぼう》
1570年《ねん》	（元亀《げんき》元年《がんねん》）	三条《さんじょう》の方《かた》、死去《しきょ》
1571年《ねん》	（元亀《げんき》2年《ねん》）	松姫《まつひめ》の生母《せいぼ》・油川夫人《あぶらかわふじん》、死去《しきょ》
1572年《ねん》	（元亀《げんき》3年《ねん》）	三方ヶ原《みかたがはら》の戦《たたか》い。松姫《まつひめ》と信忠《のぶただ》の婚約《こんやく》が事実上《じじつじょう》、破棄《はき》される
1573年《ねん》	（元亀《げんき》4年《ねん》）	信玄《しんげん》、死去《しきょ》
		信長《のぶなが》、京《きょう》から足利義昭《あしかがよしあき》を追放《ついほう》。室町幕府滅亡《むろまちばくふめつぼう》
		朝倉《あさくら》・浅井氏滅亡《あざいしめつぼう》。信長《のぶなが》、越前《えちぜん》と北近江《きたおうみ》を掌握《しょうあく》
	（天正《てんしょう》元年《ねん》）	
1574年《ねん》	（天正《てんしょう》2年《ねん》）	勝頼《かつより》、信玄《しんげん》が落《お》とせなかった高天神城《たかてんじんじょう》を攻略《こうりゃく》
1575年《ねん》	（天正《てんしょう》3年《ねん》）	長篠《ながしの》の戦《たたか》い
		信忠《のぶただ》、織田家《おだけ》の家督《かとく》を継《つ》ぐ
1576年《ねん》	（天正《てんしょう》4年《ねん》）	三年間《ねんかん》秘《ひ》していた信玄《しんげん》の葬儀《そうぎ》が行《おこな》われる
1578年《ねん》	（天正《てんしょう》6年《ねん》）	上杉謙信《うえすぎけんしん》、死去《しきょ》。御館《おたて》の乱《らん》、勃発《ぼっぱつ》
1579年《ねん》	（天正《てんしょう》7年《ねん》）	菊姫《きくひめ》、上杉景勝《うえすぎかげかつ》に嫁《とつ》ぐ
1581年《ねん》	（天正《てんしょう》9年《ねん》）	高天神城《たかてんじんじょう》、徳川《とくがわ》に攻《せ》められ落城《らくじょう》
		勝頼《かつより》、武田《たけだ》の本拠《ほんきょ》を躑躅ヶ崎館《つつじがさきやかた》から新府城《しんぷじょう》に移《うつ》す
1582年《ねん》	（天正《てんしょう》10年《ねん》）	松姫《まつひめ》、新府城《しんぷじょう》から高遠城《たかとおじょう》へ移《うつ》る
		高遠城《たかとおじょう》の戦《たたか》い。仁科五郎信盛《にしなごろうのぶもり》、織田信忠《おだのぶただ》に攻《せ》められ、討《う》ち死《じ》に
		勝頼《かつより》、天目山《てんもくざん》にて自害《じがい》。武田氏滅亡《たけだしめつぼう》
		松姫《まつひめ》、武蔵国《むさしのくに》へ逃《のが》れ、上恩方《かみおんがた》の金照庵《きんしょうあん》に身《み》を寄《よ》せる
		本能寺《ほんのうじ》の変《へん》。織田信長《おだのぶなが》・信忠《のぶただ》、自害《じがい》
		松姫《まつひめ》、金照庵《きんしょうあん》から下恩方《しもおんがた》の心源院《しんげんいん》へ移《うつ》り、出家《しゅっけ》
1590年《ねん》	（天正《てんしょう》18年《ねん》）	北条氏滅亡《ほうじょうしめつぼう》
		松姫《まつひめ》、心源院《しんげんいん》から御所水《ごしょみず》の里《さと》へ移《うつ》る
1600年《ねん》	（慶長《けいちょう》5年《ねん》）	関ヶ原《せきがはら》の戦《たたか》い
1615年《ねん》	（慶長《けいちょう》20年《ねん》）	大坂夏《おおさかなつ》の陣《じん》。家康《いえやす》、豊臣秀頼《とよとみひでより》を滅《ほろ》ぼす
1616年《ねん》	（元和《げんな》2年《ねん》）	松姫《まつひめ》、武蔵国《むさしのくに》にて永眠《えいみん》す
		家康《いえやす》、死去《しきょ》

戦国姫《せんごくひめ》 ―松姫《まつひめ》の物語《ものがたり》― 用語集《ようごしゅう》

●家督（かとく）
家長権《かちょうけん》のこと。基本的《きほんてき》に嫡男《ちゃくなん》が単独《たんどく》相続《そうぞく》する。日本国憲法施行後《にほんこくけんぽうしこうご》、この制度《せいど》は廃止《はいし》された。

●起請文（きしょうもん）
神仏《しんぶつ》にかけて誓《ちか》いを立《た》てた文書《ぶんしょ》。

●継室（けいしつ）
正室《せいしつ》が死亡《しぼう》または離縁《りえん》によりいなくなったあとに迎《むか》えた正室《せいしつ》のこと。

●軍配（ぐんばい）
戦《いくさ》の指揮《しき》に用《もち》いる、うちわの形《かたち》の道具《どうぐ》。

●元服（げんぷく）
成人《せいじん》を示《しめ》す儀式《ぎしき》。

●正室（せいしつ）
正式《せいしき》な妻《つま》のことで、ひとりしか許《ゆる》されない。

●側室（そくしつ）
正室以外《せいしついがい》の妻《つま》のこと。戦国時代《せんごくじだい》は子孫《しそん》を残《のこ》すため多《おお》くの大名《だいみょう》が側室《そくしつ》を迎《むか》えた。

●床几（しょうぎ）
移動用《いどうよう》の折《お》り畳《たた》み式《しき》の腰掛《こしか》け。

●嫡男（ちゃくなん）
後継《あとつ》ぎと定《さだ》められた男子《だんし》をさす。

●疱瘡（ほうそう）
天然痘《てんねんとう》の俗称《ぞくしょう》。伝染力《でんせんりょく》が強《つよ》く死亡率《しぼうりつ》も高《たか》い。

●廃嫡（はいちゃく）
嫡子《ちゃくし》としての身分《みぶん》を剥奪《はくだつ》されること。

●不犯（ふぼん）
戒律《かいりつ》を破《やぶ》らないことで、特《とく》に異性《いせい》と交《まじ》わらないこと。

●越後国（えちごのくに）
現在《げんざい》の福井県《ふくいけん》。

●越前国（えちぜんのくに）
現在《げんざい》の福井県北東部《ふくいけんほくとうぶ》。

●尾張国（おわりのくに）
現在《げんざい》の愛知県西部《あいちけんせいぶ》。

●甲斐国（かいのくに）
現在《げんざい》の山梨県《やまなしけん》。

●上野国（こうずけのくに）
現在《げんざい》の群馬県《ぐんまけん》。

●相模国（さがみのくに）
現在《げんざい》の神奈川県《かながわけん》。

●信濃国（しなののくに）
現在《げんざい》の長野県《ながのけん》。

●駿河国（するがのくに）
現在《げんざい》の静岡県中東部《しずおかけんちゅうとうぶ》。

●遠江国（とおとうみのくに）
現在《げんざい》の静岡県西部《しずおかけんせいぶ》。

●三河国（みかわのくに）
現在《げんざい》の愛知県東部《あいちけんとうぶ》。

●美濃国（みののくに）
現在《げんざい》の岐阜県南部《ぎふけんなんぶ》。

●武蔵国（むさしのくに）
現在《げんざい》の東京都《とうきょうと》・埼玉県《さいたまけん》・神奈川県《かながわけん》の一部《いちぶ》。

戦国姫《せんごくひめ》 —松姫《まつひめ》の物語《ものがたり》— 参考《さんこう》文献《ぶんけん》

★「武田氏滅亡」平山優：著（KADOKAWA）

★「武田信玄」平山優：著（吉川弘文館）

★「武田信玄 武田三代興亡記」吉田龍司：著（新紀元社）

★「武田信玄大全」二木謙一：著（KK ロングセラーズ）

★「武田信玄 謎解き散歩」萩原三雄：編著（KADOKAWA）

★「ビジュアル版 逆説の日本史４ 完本 信長全史」井沢元彦：著（小学館）

★「知識ゼロからの戦国の姫君入門」小和田哲男：著（幻冬舎）

★「武田家三代年表帖 上巻 信虎甲斐統一〜信玄の快進撃と無念の死」（ユニプラン）

★「武田家三代年表帖 下巻 勝頼と真田一族の顛末」（ユニプラン）

★「武田信玄公息女 松姫さまの生涯」（信松院の歴史／八王子金龍山信松院HP内）

★「武田氏年表 信虎・信玄・勝頼」武田氏研究会：編（高志書院）

あとがき　――真実《しんじつ》の愛《あい》は眠《ねむ》らない――

みなさん、こんにちは。藤咲《ふじさき》あゆなです。

『戦国姫《せんごくひめ》―松姫《まつひめ》の物語《ものがたり》―』は、いかがでしたでしょうか。

〝甲斐《かい》の虎《とら》〟と謳《うた》われた名将《めいしょう》・武田信玄《たけだしんげん》の愛娘《まなむすめ》・松姫《まつひめ》。

「―月《つき》の巻《まき》―」のあとがきでもふれましたが、私《わたし》は昔見《むかしみ》たテレビドラマで松姫《まつひめ》のことが大好《だいす》きになり、ずっとずっと書《か》きたいと思《おも》ってきました。

一度《いちど》も会《あ》ったことのない婚約者《こんやくしゃ》と手紙《てがみ》のやりとりで情《じょう》を深《ふか》め、互《たが》いに生涯《しょうがい》、相手《あいて》を想《おも》い続《つづ》けたという、まさに純愛《じゅんあい》！　会《あ》いたくても会《あ》えないつらさに胸《むね》を締《し》め付《つ》けられます。

実家《じっか》は敵対《てきたい》し、自分《じぶん》の兄《あに》たちは愛《あい》する人《ひと》に攻《せ》められ、命《いのち》を落《お》とす……。悲劇《ひげき》の波《なみ》が容赦《ようしゃ》なく次々《つぎつぎ》と襲《おそ》ってきても、松姫《まつひめ》はそれに負《ま》けず、兄《あに》たちに託《たく》された幼《おさな》い姫《ひめ》たちを守《まも》り、強《つよ》く生《い》きていきます。甲冑《かっちゅう》を着《き》て戦《たたか》ったりしたわけではないけれど、戦国《せんごく》の荒波《あらなみ》に立《た》ち向《む》かい、自分《じぶん》なりの戦《たたか》い方《かた》を貫《つらぬ》いた芯《しん》の強《つよ》さを持《も》つ女性《じょせい》だと私《わたし》は思《おも》いました。

それでは、ここで松姫《まつひめ》にまつわる様々《さまざま》なエピソードにふれていきましょう。

【信玄《しんげん》の願文《がんもん》は本当《ほんとう》か】

信玄《しんげん》は永禄《えいろく》8年《ねん》（1565年《ねん》）丑乙《うしきのと》5月吉日付《がつきちじつづけ》で、「信玄息女《しんげんそくじょ》」の病気平癒《びょうきへいゆ》を祈《いの》って上吉田《かみよしだ》北口本宮富士浅間神社《きたぐちほんぐうふじせんげんじんじゃ》に願文《がんもん》を奉納《ほうのう》。松姫《まつひめ》の名《な》は書《か》かれていませんが『甲陽軍鑑《こうようぐんかん》』にはこの息《そく》女《じょ》は松姫《まつひめ》だと記《しる》されているそうです。この願文《がんもん》は現在《げんざい》、ふじさんミュージアム（山梨県富士吉《やまなしけんふじよし》田市《だし》）に所蔵《しょぞう》されていますが、2017年《ねん》6月《がつ》に電話《でんわ》で問《と》い合《あ》わせしたところ、一般公開《いっぱんこうかい》はしていないそうです。

【信忠《のぶただ》と手紙《てがみ》のやりとりをしたのは本当《ほんとう》か】

そう伝《つた》わっていますが、残念《ざんねん》ながら手紙《てがみ》は一通《いっつう》も発見《はっけん》されていません。武田《たけだ》と織田《おだ》の同盟《どうめい》が決裂《けつれつ》した際《さい》、松姫《まつひめ》も信忠《のぶただ》もどちらも焼《や》き捨《す》てるしかなかったのだと思《おも》います。

ちなみに昔《むかし》の手紙《てがみ》は文面《ぶんめん》を書《か》いてから、日付《ひづけ》と自分《じぶん》の名前《なまえ》を入《い》れ、最後《さいご》に相手《あいて》の名前《なまえ》を書《か》くものですが、本書《ほんしょ》では読《よ》みやすいように「信忠様《のぶただざま》」「松殿《まつどの》」で始《はじ》めています。ここでもうひとつ、信忠《のぶただ》の名前《なまえ》にふれておきますと、元服《げんぷく》して「信重《のぶしげ》」という名《な》になったようですが、「信重《のぶしげ》」からいつ「信忠《のぶただ》」に変《か》わったのかが不明《ふめい》なため、本書《ほんしょ》では元服後《げんぷくご》「信忠《のぶただ》」で通《とお》しました。

【松姫《まつひめ》の逃避行《とうひこう》ルートについて】

これも様々《さまざま》な説《せつ》がありますが、私《わたし》は今回《こんかい》、この本《ほん》を書《か》くにあたり、いろいろな資料《しりょう》や地図《ちず》を照《て》らし合《あ》わせて自分《じぶん》なりの想定《そうてい》ルートを作《つく》り、実際《じっさい》に行《い》ってきました（と言《い》っても徒歩《とほ》ではなく車《くるま》です。途中《とちゅう》、現在《げんざい》の地名《ちめい》や道路名《どうろめい》の呼《よ》び方《かた》も交《ま》じります）。

信濃《しなの》の高遠城《たかとおじょう》（城主《じょうしゅ》は兄《あに》・五郎信盛《ごろうのぶもり》）を出《で》て、杖突街道《つえつきかいどう》を北上《ほくじょう》し、甲州街道《こうしゅうかいどう》を南下《なんか》。

←

甲斐国《かいのくに》・韮崎《にらさき》の新府城《しんぷじょう》（城主《じょうしゅ》は兄《あに》・四郎勝頼《しろうかつより》）を出《で》て、釜無川沿《かまなしがわぞ》いに移動《いどう》し、甲府《こうふ》へ。

←

入明寺《にゅうみょうじ》に入《はい》り、次兄《じけい》・竜宝《りゅうほう》と相談《そうだん》。武田《たけだ》の重臣《じゅうしん》の娘《むすめ》たちが灯明《とうみょう》を灯《とも》し続《つづ》けたという開桃寺《かいとうじ》の世話《せわ》になる。塩山《えんざん》の向嶽寺《こうがくじ》に身《み》を寄《よ》せ、一時的《いちじてき》に匿《かくま》われる。

←

大菩薩峠《だいぼさつとうげ》を登《のぼ》り、青梅街道《おうめかいどう》を東《ひがし》へ。いよいよ山深《やまぶか》き道《みち》を行《い》き、途中《とちゅう》、おいらん淵《ぶち》の近《ちか》くを通《とお》る（金山閉山後《きんざんへいざんご》は寂《さび》れた場所《ばしょ》だったと思《おも》われるので、ルートに選《えら》びました。金山衆《きんざんしゅう》を癒《い》やすために集《あつ》められた大勢《おおぜい》の遊女《ゆうじょ》たちが口封《くちふう》じのために滝壺《たきつぼ》に落《お》とされたという、いわゆる霊感《れいかん》スポットとして有名《ゆうめい》ですが、現在《げんざい》そこに至《いた》る道《みち》は封鎖《ふうさ》）。

←

丹波山村《たばやまむら》に入《はい》り、ここで国道《こくどう》411号《ごう》から県道《けんどう》18号《ごう》へ。この道《みち》を進《すす》むと、鶴峠《つるとうげ》を越《こ》えるA《エー》ルートと松姫湖《まつひめこ》へ抜《ぬ》ける松姫峠《まつひめとうげ》と松姫《まつひめ》トンネルを通《とお》るB《ビー》ルートに分《わ》かれます。松姫峠《まつひめとうげ》と聞《き》くと「ここを松姫《まつひめ》一行《いっこう》が通《とお》ったのでは?」と思《おも》いがちですが、これは近代《きんだい》に入《はい》って整備《せいび》された道《みち》で、当時《とうじ》の山梨県知事《やまなしけんちじ》が命名《めいめい》したのだそうです。B《ビー》ルートを南下《なんか》すると、勝頼《かつより》を裏切《うらぎ》った小山田信茂《おやまだのぶしげ》の岩殿城《いわどのじょう》へ出《で》ます。岩殿城《いわどのじょう》は勝頼《かつより》が滅《ほろ》んだのち、織田勢《おだぜい》が入《はい》っていますので、ここに松姫《まつひめ》が近《ちか》づくのは到底考《とうていかんが》えられません。ですので、私《わたし》はA《エー》ルートを選《えら》び、南下《なんか》。松姫《まつひめ》がかわいらしい松《まつ》を手《て》に入《い》れたという伝説《でんせつ》のある案下峠《あんげとうげ》(和田峠《わだとうげ》)を抜《ぬ》け、武蔵国《むさしのくに》は八王子《はちおうじ》へ。

←

武蔵国《むさしのくに》・上恩方《かみおんがた》の金照庵《きんしょうあん》(現《げん》・八王子市立恩方第二小学校《はちおうじしりつおんがただいにしょうがっこう》)に到着《とうちゃく》。向嶽寺《こうがくじ》から紹介状《しょうかいじょう》をもらっていたと言《い》われていますが、それとは別《べつ》に北条夫人《ほうじょうふじん》の伝手《つて》で八王子《はちおうじ》の北条氏照《ほうじょううじてる》に庇護《ひご》されたのでは——と思《おも》います。

←

心源院《しんげんいん》にて出家《しゅっけ》。この心源院《しんげんいん》は第二次世界大戦《だいにじせかいたいせん》の折《おり》、昭和《しょうわ》20年《ねん》(1945年《ねん》)8月《がつ》の八王子《はちおうじ》空襲《くうしゅう》に遭《あ》い、松姫《まつひめ》が卜山禅師《ぼくざんぜんじ》に贈《おく》ったという墨染《すみぞめ》の衣《ころも》は残念《ざんねん》ながら焼失《しょうしつ》してしまったそうです。

←

上野原宿《うえのはらじゅく》の草庵《そうあん》（現《げん》・信松院《しんしょういん》）にて余生《よせい》を過《す》ごす。今《いま》、信松院《しんしょういん》の山門《さんもん》の前《まえ》には、市女笠《いちめがさ》をかぶり、杖《つえ》を手《て》にした旅姿《たびすがた》の松姫像《まつひめぞう》が建《た》っており、逃避行《とうひこう》の様子《ようす》を偲《しの》ばせています。

【なぜ信松院《しんしょういん》と名乗《なの》ったのか】

「松《まつ》」は自分《じぶん》の名前《なまえ》ですが、「信《しん》」の字《じ》は父《ちち》・信玄《しんげん》の「信《しん》」とも、愛《あい》する信忠《のぶただ》の「信《のぶ》」とも言《い》われています。おそらく両方《りょうほう》の意味《いみ》があるのでしょう。表向《おもてむ》きは「信玄《しんげん》の信《しん》」と言《い》っていたでしょうが、「信忠《のぶただ》の信《のぶ》」も密《ひそ》かに込《こ》めていたと思《おも》います。愛《あい》する父《ちち》と婚約者《こんやくしゃ》。そのふたりを想《おも》うことが、松姫《まつひめ》の心《こころ》の支《ささ》えになっていたのではないでしょうか。

【三人《にん》の姫《ひめ》たちは、その後《ご》どうなったのか】

勝頼《かつより》の娘《むすめ》・貞姫《さだひめ》と小山田《おやまだ》信茂《のぶしげ》の娘《むすめ》・香具姫《かぐひめ》はそれぞれ武家《ぶけ》に嫁《とつ》ぎ、長寿《ちょうじゅ》をまっとう。信盛《のぶもり》の娘《むすめ》・督姫《とくひめ》は身体《からだ》が弱《よわ》かったため尼僧《にそう》となり、二十九歳《さい》の若《わか》さで亡《な》くなったそうです。

【ほかの姉妹《しまい》との交流《こうりゅう》はあったのか】

本編《ほんぺん》ではページの関係《かんけい》で書《か》けなかったのですが、次姉《じし》の見性院《けんしょういん》（作中《さくちゅう》では清姫《きよひめ》）とともに、江戸《えど》幕府《ばくふ》第《だい》二代将軍《だいしょうぐん》・秀忠《ひでただ》のご落胤《らくいん》、保科正之《ほしなまさゆき》を養育《よういく》したという話《はなし》があります。保科正之《ほしなまさゆき》は初《しょ》代《だい》会津藩主《あいづはんしゅ》で「徳川《とくがわ》に忠誠《ちゅうせい》を尽《つ》くすよう」家訓《かくん》を残《のこ》した人《ひと》。そのため、幕末《ばくまつ》の動乱《どうらん》において会《あい》津藩《づはん》は最後《さいご》まで幕府側《ばくふがわ》として戦《たたか》い、戊辰戦争《ぼしんせんそう》で壮絶《そうぜつ》な籠城戦《ろうじょうせん》を展開《てんかい》しました。もしかしたら、正之《まさゆき》の家訓《かくん》には、松姫《まつひめ》たちの影響《えいきょう》で家《いえ》を思《おも》う気持《きも》ちが強《つよ》く表《あらわ》れたのかもしれません。

【松姫《まつひめ》の墓《はか》はどこにあるのか】

松姫《まつひめ》が開基《かいき》となった信松院《しんしょういん》（東京都八王子市《とうきょうとはちおうじし》）の墓地《ぼち》の中《なか》——松《まつ》の木《き》に守《まも》られるように松姫《まつひめ》の墓《はか》があります。墓石《ぼせき》は千人同心《せんにんどうしん》が寄進《きしん》した石垣《いしがき》で囲《かこ》まれており、武田《たけだ》の遺臣《いしん》たちに慕《した》われていたという松姫《まつひめ》の人柄《ひとがら》を偲《しの》ばせます。法名《ほうみょう》は「信松院殿月峰永琴大禅定尼《しんしょういんでんげっぽうえいきんだいぜんじょうに》」。何度《なんど》かお墓参《はかまい》りさせていただいています。ＪＲ《ジェーアール》西八王子《にしはちおうじ》の駅《えき》から歩《ある》いて行《い》ける距離《きょり》です。

信松院《しんしょういん》は毎月《まいつき》16日《にち》の松姫《まつひめ》の月命日《つきめいにち》に宝物殿《ほうもつでん》を無料《むりょう》で公開《こうかい》。ここには松姫《まつひめ》の坐像《ざぞう》や愛用《あいよう》の長刀《なぎなた》、信玄《しんげん》の陣中守本尊《じんちゅうまもりほんぞん》、武田水軍《たけだすいぐん》の模型《もけい》などが展示《てんじ》されています。

さて、ここまでお読《よ》みいただき、ありがとうございました！

最後《さいご》まで読《よ》んでいただいたあなたに、最大級《さいだいきゅう》の感謝《かんしゃ》を。私《わたし》がこの本《ほん》に綴《つづ》った「松姫《まつひめ》」の人生《じんせい》が月《つき》の光《ひかり》のようにあなたの心《こころ》をあたたかく照《て》らしたなら、望外《ぼうがい》のしあわせです。

藤咲《ふじさき》あゆな

『戦《せん》国《ごく》姫《ひめ》』シリーズでは、
読《どく》者《しゃ》の皆《みな》さまからの
ファンレターを募《ぼ》集《しゅう》しています。

◇◇◇◇◇◇◇◇◇◇◇◇◇◇◇◇◇◇◇◇◇◇◇◇◇◇◇◇◇◇◇◇◇◇◇◇

藤《ふじ》咲《さき》あゆな先《せん》生《せい》・マルイノ先《せん》生《せい》への
質《しつ》問《もん》やメッセージ
作《さく》品《ひん》へのご意《い》見《けん》、ご感《かん》想《そう》を
お待《ま》ちしています！

《あて先《さき》》

〒101-8050　東京都千代田区一ツ橋 2-5-10
集英社みらい文庫編集部　『戦国姫』おたより係
（あなたの住《じゅう》所《しょ》・氏《し》名《めい》を忘《わす》れずにご記《き》入《にゅう》ください）

集英社みらい文庫

戦国姫《せんごくひめ》
―松姫《まつひめ》の物語《ものがたり》―

藤咲《ふじさき》あゆな　作

マルイノ　絵

ファンレターのあて先
〒101-8050　東京都千代田区一ツ橋2-5-10　集英社みらい文庫編集部
いただいたお便りは編集部から先生におわたしいたします。

2017年 9月27日　第1刷発行
2018年 6月 6 日　第3刷発行

発行者　北畠輝幸
発行所　株式会社 集英社
〒101-8050　東京都千代田区一ツ橋2-5-10
電話　編集部 03-3230-6246
読者係 03-3230-6080
販売部 03-3230-6393(書店専用)
http://miraibunko.jp
装　丁　小松 昇(Rise Design Room)　中島由佳理
印　刷　大日本印刷株式会社　凸版印刷株式会社
製　本　大日本印刷株式会社

★この作品はフィクションです。実在の人物・団体・事件などにはいっさい関係ありません。

ISBN978-4-08-321392-2　C8293　N.D.C.913　206P　18cm

「みらい文庫《ぶんこ》」読者《どくしゃ》のみなさんへ

言葉《ことば》を学《まな》ぶ、感性《かんせい》を磨《みが》く、創造力《そうぞうりょく》を育《はぐく》む……、読書《どくしょ》は「人間力《にんげんりょく》」を高《たか》めるために欠《か》かせません。

たった一枚《いちまい》のページをめくる向《む》こう側《がわ》に、未知《みち》の世界《せかい》、ドキドキのみらいが無限《むげん》に広《ひろ》がっている。

これこそが「本《ほん》」だけが持《も》っているパワーです。

学校《がっこう》の朝《あさ》の読書《どくしょ》に、休《やす》み時間《じかん》に、放課後《ほうかご》に……。いつでも、どこでも、すぐに続《つづ》きを読《よ》みたくなるような、魅力《みりょく》に溢《あふ》れる本《ほん》をたくさん揃《そろ》えていきたい。読書《どくしょ》がくれる、心《こころ》がきらきらしたり胸《むね》がきゅんとする瞬間《しゅんかん》を体験《たいけん》してほしい、楽《たの》しんでほしい。みらいの日本《にほん》、そして世界《せかい》を担《にな》うみなさんが、やがて大人《おとな》になった時《とき》、「読書《どくしょ》の魅力《みりょく》を初《はじ》めて知《し》った本《ほん》」「自分《じぶん》のおこづかいで初《はじ》めて買《か》った一冊《いっさつ》」と思《おも》い出《だ》してくれるような作品《さくひん》を一所懸命《いっしょけんめい》、大切《たいせつ》に創《つく》っていきたい。

そんないっぱいの想《おも》いを込《こ》めながら、作家《さっか》の先生方《せんせいがた》と一緒《いっしょ》に、私《わたし》たちは素敵《すてき》な本作《ほんづく》りを続《つづ》けていきます。「みらい文庫《ぶんこ》」は、無限《むげん》の宇宙《うちゅう》に浮《う》かぶ星《ほし》のように、夢《ゆめ》をたたえ輝《かがや》きながら、次々《つぎつぎ》と新《あたら》しく生《う》まれ続《つづ》けます。

本《ほん》を持《も》つ、その手《て》の中《なか》に、ドキドキするみらい――――。

本《ほん》の宇宙《うちゅう》から、自分《じぶん》だけの健《すこ》やかな空想力《くうそうりょく》を育《そだ》て、〝みらいの星《ほし》〟をたくさん見《み》つけてください。

そして、大切《たいせつ》なこと、大切《たいせつ》な人《ひと》をきちんと守《まも》る、強《つよ》くて、やさしい大人《おとな》になってくれることを心《こころ》から願《ねが》っています。

2011年《ねん》　春《はる》

集英社《しゅうえいしゃ》みらい文庫編集部《ぶんこへんしゅうぶ》